Gertrud Kolmar
Das lyrische Werk
Frühe Gedichte

Gertrud Kolmar
Das lyrische Werk
Frühe Gedichte

herausgegeben von
Regina Nörtemann

WALLSTEIN VERLAG

GEDICHTE 1917

MUTTER UND KIND

Madonna aus dem Hause Tempi
(Raffael)

O Mutter! Deren Arm ein All umspannt!
So süß entzückt, mit schüchternem Begreifen,
So zitternd trägt ihr Blümlein deine Hand
Und wagt es kaum, den zarten Schmelz zu streifen.

Ein goldnes Schlüss'lein, das dein Herz erschließt,
Ein lebend Liebeswort aus Gottes Munde,
Ein rein Gefäß, drein deine Seele gießt
Die klarste Wonne jeder früh'ren Stunde.

Die Händchen, ros'ge Falterflügelein,
Sie flögen himmelwärts so gern, so gerne;
Von seinen Lippen strömt dir Sonnenschein,
In seinen Äuglein strahlen Mond und Sterne.

Du Rosenblüte, die kein Winter schreckt,
Alltäglich Wunder in der Welt Getriebe,
Du Wesen, das im Weib die Mutter weckt,
Von Liebe stammt und kommt und bittet: »Liebe!«

Ich knie' nicht vor der Himmelskön'gin Thron,
An einem Frauenglück möcht' teil ich haben;
Ich grüß' die Mutter mit dem kleinen Sohn,
Nicht die Madonna mit dem Jesusknaben.

Meins

Ich weiß nicht, wann es kommen wird,
Daß ich's mit Händen greife:
Hat dunkle Löckchen ob der Stirn
Und eine rote Schleife.

Ich weiß nicht, ob es kommen wird,
Daß meine Augen 's sehen:
Sein Füßchen, ungeschickt und klein,
Kann ja so schnell nicht gehen.

Der Weg ist weit, ist gar so weit;
Wie mag's die Wand'rung wagen?
Muß doch mein Glück, mein großes Glück
In winz'gen Händchen tragen.

Und wenn es stolpert unterwegs,
Mag denn mein Glück verderben!
Komm, lieber Liebling, weine nicht,
Und bring' mir mit die Scherben.

Die Scherben sind mir schon genug –
Ich halt' die Arme offen. –
Und kommst du nie, verschweig's, du Meins,
Und laß mich weiterhoffen.

Schrebergärten

Du schaust hinein. Am Zaun die Laube
In Sonntagsstimmung, frisch und blank:
Ein grünes Haus mit weißer Haube
Und ringsum wilden Weins Gerank.

Dazu zwei Mädchen mit Soldaten;
Drum lacht die Sonnenblume auch –
Ein Apfelbaum, ein Beet Tomaten,
Ein Rosenstock, ein Himbeerstrauch:

Und mitten in der Pracht ein Kleinchen,
Das kaum noch halb sein Hemdchen deckt
Und das zwei ros'ge, runde Beinchen
Aus seinem Kinderwagen streckt.

Spielchen

O du mein allerkleinstes,
Du mein allerschönstes,
Du mein aller-aller-allerliebstes Kind,
O du mein allerkleinstes,
Du mein allerschönstes,
Du mein aller-allerliebstes Kind!

Deine Äuglein sind blau!
Wie das Waldbächlein blauet,
Weil der Himmel draus schauet:
Deine Äuglein sind blau!
O du mein allerkleinstes usw.

Deine Härlein sind braun!
Wie die Nuß aus der Scherbe,
So würzig und herbe:
Deine Härlein sind braun!
O du mein allerkleinstes usw.

Deine Lippen sind rot!
Wie die Purpurfarbfleckchen
Auf des Distelfinks Bäckchen:
Deine Lippen sind rot! usw.

Deine Händlein sind weiß!
Wie das Weihnachtsschneemännchen
Unterm frostweißen Tännchen:
Deine Händlein sind weiß! usw.

Deine Röcklein sind grün!
Wie der Heuschreck, der kleine,
Der da fiedelt am Raine:
Deine Röcklein sind grün! usw.

Deine Schleifchen sind grau!
Wie lieb Graumäusleins Schwänzchen,
Das den Takt schlägt zum Tänzchen:
Deine Schleifchen sind grau! usw.

Deine Strümpfchen sind gelb!
Wie die Schlüsselblumkränze
Auf der Wiese im Lenze:
Deine Strümpfchen sind gelb! usw.

Deine Schühlein sind schwarz!
Wie am Zaune die Dohle
Mit den Federn von Kohle:
Deine Schühlein sind schwarz! usw.

Dein jung Herzlein ist Gold!
Wie die Goldtulpenwiegen,
Drin die Käferchen liegen:
Dein jung Herzlein ist Gold!

O du mein allerkleinstes,
Du mein allerschönstes,
Du mein aller-aller-allerliebstes Kind,
O du mein allerkleinstes,
Du mein allerschönstes,
Du mein aller-allerliebstes Kind!

Kinderreihen

Ringel, Ringel Reihen,
Der Bauer, der will freien.
Er hat ein Pferd und auch ein'n Karr'n
Und will die Braut nach Hause fahr'n.
»Gibst du mir nichts, so sag' ich nein.«
»Ich gebe dir ein Gänsebein.«
Bauer, das ist garnicht viel;
Noch einmal herum das Spiel!

Ringel, Ringel Reihen,
Der Schneider, der will freien.
Er kommt auf einem Ziegenbock
Und näht sich selbst den Hochzeitsrock.
»Gibst du mir nichts, so sag' ich nein.«
»Ich gebe dir ein Fädchen fein.«
Schneider, das ist garnicht viel;
Noch einmal herum das Spiel!

Ringel, Ringel Reihen,
Der Lindenwirt will freien.
Er hat ein großes Herbergshaus
Und lädt die Leut' zum Hochzeitsschmaus.
»Gibst du mir nichts, so sag' ich nein.«
»Ich gebe dir ein Gläschen Wein.«
Lindenwirt, das ist nicht viel;
Noch einmal herum das Spiel!

Ringel, Ringel Reihen,
Der Fiedelmann will freien.
Er trägt ein'n gold'nen Ring im Ohr
Und geigt der Braut sein Stücklein vor.

»Gibst du mir nichts, so sag' ich nein.«
»Ich geb' dir ein klein Kindelein.«
Fiedelmann, das ist genug;
Spiel' uns auf zum Hochzeitszug!

Ein Liedlein vom Schwamm
(Zu singen, während das Kind gewaschen wird)

Kindelein und Krötelein
Gingen einst spazieren;
Kindelein ging auf zwei Bein'n,
Krötelein auf vieren.

Kindelein zählt schon zwei Jahr',
Krötelein kaum eines;
Kindelein hat Strubbelhaar,
Krötelein hat keines.

Kindelein und Krötelein,
Beide Nackedeichen;
Krötelein trinkt Gänsewein,
Kindelein ißt 's Eichen.

Kindlein geht zur sieb'nten Stund'
In sein warmes Kißchen,
Sagt zum Krötlein: »Bleib'gesund!«
Streichelt es ein bißchen.

Krötlein geht zur sieb'nten Stund'
In sein kaltes Flüßchen,
Hüpft dem Kindlein an den Mund –
Hu! Welch nasses Küßchen!

Wenn zwei kleine Kinderhändchen …

Wenn zwei kleine Kinderhändchen
Sich zum Nachtgebet vereinen,
Wenn ein müdes Stimmlein bittet
Und das warme, kleine Herzchen
Allem, was es redet, glaubt,
Wenn zwei dicke, ros'ge Bäckchen
Sich in weiche Kissen kuscheln
Und der große Zeh voll Neugier
Unterm weißen Zipfel vorschaut,
Dann erstrahlen tausend Sterne,
Und das güt'ge Mondesantlitz
Leuchtet mild und nickt bedächtig;
Jedes Blümchen weint vor Freude
Eine große, blanke Träne,
Und die süßen, runden Äpflein,
Die auf Nachbarzweigen sitzen,
Wenden ihre Schelmgesichter
Lächelnd eins dem andern zu.
Liebe, flaumig-bunte Vöglein
Ducken sich im warmen Nestchen,
Decken sich mit zarten Flüglein,
Schließen ihre hellen Augen,
Leise zirpend, enggeschmiegt.
Unter hohen Kiefernstämmen
Streichelt eine braune Häsin
Zärtlich-mütterlich ihr Junges,
Das mit off'nen Augen schläft.
Und der grüne Frosch im Röhricht
Wird des Nachts um sieben munter,
Dehnt sich, reckt sich, blinzelt träge,
Gähnt und macht zufrieden »Quak!«
Selbst dem mürr'schen Hofhund Flick

Kommen plötzlich holde Träume,
Voll von Wurst und junger Liebe,
Und er schlägt den Zottelschwanz.
Und der lust'ge, wilde Wein
Hinter seiner Hundehütte
Klettert an der Mauer aufwärts,
Kriecht behend zum Fenstersimse
Und schaut stillvergnügt ins Zimmer,
Wo das kleine Kindchen schläft.

Wiegenlied

Schlafe wohl unter dem silbernen Schild,
Unter der rotroten Rose!
Sanft scheint der Mond, und das Sternlein glänzt mild –
Weich ist dein Bettchen im Moose.
:,: Abendwind,
Wieg' ein mein Kind,
Meine süße, dunkle Rose! :,:

Schmetterling gaukelt durchs Schattenblau,
Zitternd duftet der Flieder,
Rings säet glitzernde Perlen der Tau,
Nachtigall singt ihre Lieder.
:,: Vögelein,
Sing' ein, sing' ein
Die lieblichen, jungen Glieder! :,:

Träume entfliehn, und Gedanken gehn,
Zahllos und klar wie die Sterne.
Mag, was mir nah', auch im Düster verwehn,
Licht bleibt doch ewig die Ferne!
:,: Guckäuglein,
Nun schließt euch fein,
Meine lieben, schwarzen Sterne! :,:

Die Mutter

Kindchens Finger macht pick, pick.
»Liebes Kindchen, warte nur!«
Kindchens Köpfchen macht nick, nick,
Und der Mutter Herzensuhr,
Dran die Zeiger Sonnenstrahlen,
Blutrubine alle Zahlen,
Macht ganz leise tick, tick, tick:
»Wart' nur einen Augenblick,
An die Kammertür gedrückt,
Bis auf neun der Zeiger rückt.«

Kindchen wohnt im dunklen Haus,
Pocht ans Pförtlein: »Ist's so weit?«
Möchte gar zu gern hinaus.
»Kindchen, bleib' noch kurze Zeit!
Denn die Hyazinthenblütchen,
Die dort hinter Fensterscheiben
Wie mein zartes Blümlein treiben,
Tragen all' noch ihre Tütchen,
Wunderniedlich anzuschaun:
Eins ist lila, eins ist braun,
Rosenrot und himmelblau,
Eiergelb und mäusegrau.
Aber weht erst Frühlingswind,
Lüftet jedes leicht sein Hütchen,
Jenes farb'ge, spitze Tütchen,
Das sein Angesicht verborgen,
Und sagt freundlich: »Guten Morgen!
Guten Morgen, liebes Kind!«

»Ei, sieh da – Frau Miezekatz'!
Nehmen Sie am Ofen Platz!

Schönes Wetter, sollt' ich meinen –
Und wie geht es Ihren Kleinen,
Alle schwarz und weiß gescheckt,
Die hübsch artig zugedeckt
Draußen ruhn im off'nen Kästchen?«
»Nun, die bleiben noch im Nestchen;
Sind so töricht noch und klein,
Können schrein und weinen bloß,
Aber werden sie erst groß,
Dürfen auch sie mit herein.« –
»Ei, Frau Mieze, das ist fein.
Wenn das Schneeglöckchen im Glase,
In der munt'ren, grünen Vase –
Klinglingling! – mein Kindchen weckt,
Öffnet ihm die großen Guckeln,
Sitzen sie mit krummen Buckeln
Und die Schwänze steif gestreckt
Alle um das Bett herum.
Sind vor lauter Staunen stumm.
Denn die Dummchen wußten nicht,
Daß es so was Liebes gibt
Wie den süßen, kleinen Wicht. –
Schaut ihn euch nur an, ihr Kätzchen!«

Husch, da hüpft ein keckes Spätzchen
Auf das Fenstersims und piept.
Möchte auch mein Kleinchen sehn.
»Liebes Spätzchen, wart' ein Weilchen,
Wart' ein Weilchen, liebes Spätzchen,
Bis wir erst spazierengehn,
Ich mit meinem holden Schätzchen!
Denn noch blüht mein duftig Veilchen
In der engen Leibeskammer.«

Händchen, kleines Händchen, klammer'
Fest ans Herz der Mutter dich!
Selbst in Qualen freut es sich
Ob der vielen schönen Dinge,
Die mein Kindchen ihm gebracht
All in einer, einer Nacht:
Glück, ihr tausend gold'nen Ringe!
Seligkeit auf Lerchenschwinge!
Freude, Scharlachschmetterlinge!
Reinheit, blanke Silberquelle!
Lachen, braune, woll'ge Häschen!
Liebe, Pfirsichblütenwelle!
Träume, Glitzerseifenbläschen!
Sind's der Gaben nicht genug,
Die mein Kind im Händchen trug?

Ach, wie wird's einst lustig greifen
Nach den breiten Atlasschleifen,
Die den Wagenvorhang zieren!
Denn mein Liebling fährt spazieren
In der großen, großen Welt.
O, die ist so laut und bunt!
Mittendrin, da läuft ein Hund,
Hetzt und jagt und springt und bellt,
Rennt am Wagen hin und her,
Will nach Hause garnicht mehr,
Weil das Kind ihm so gefällt.
Ja, den Hund, den möcht' es haben
Und die Sonne, die so blitzt
Und den dicken, schwarzen Raben
Der auf seinem Pfosten sitzt
Und vom Baum die grünen Blätter,
Deren jedes froh ihm winkt,
Weil's so brav sein Fläschchen trinkt

In dem prächt'gen Maienwetter,
Das der liebe Gott beschert,
Weil mein Kind spazierenfährt.

Auf ein Kinderkleidchen

Dein ist das frohe Sehnen,
Das heimlich durch mein Leben lacht;
Dein sind die wehen Tränen,
Die stumm versiegen in der Nacht.

Du bist wie Maienbäume
Mit blütenüberrauschtem Ast,
Und dein sind meine Träume;
Ich geb' dir, was du noch nicht hast.

Wie bebt dein Saum und fließet
Um zarter Füßchen ersten Lauf!
Aus grüner Hülle sprießet
Das Kind, die süße Rose auf.

Du mit der Frühlingsfarbe,
Dem hellen, blumigen Gerank,
Du rührst an meine Narbe
Mit Händchen, die nicht sind: Hab' Dank!

Du mit der Freudenfarbe –
Erträumte Freude ist ein Joch –
Weißt du, wonach ich darbe?
Du weißt es nicht und sagst mir's doch.

Legenden

I
Schlehdornlegende

Sie ging vorbei und grüßte ihn –
Der Sommer saß am Wiesenrain –
Ein voller Becher war ihr Sein:
Sie ging vorbei und grüßte ihn.

Er ging vorbei und grüßte sie
Und war wie sie so heiß und jung:
Da schrie sein Mund nach süßem Trunk,
Und er blieb stehn und küßte sie.

Und er blieb stehn und küßte sie.
Und als der Wald im Gold versank,
Da schied er von der grauen Bank
Wohl unter dem Schlehdorn.

Sie warf sich weinend vor ihn hin
Und schlang den Arm um seinen Leib:
»Bin nicht mehr Jungfrau, bin dein Weib!«
Er lachte auf und ging von ihr.

Da sank sie unterm Schlehdorn hin
Und schlug den Arm um seinen Stamm:
»Schütz' du mich – sei mein Bräutigam!
Die Menschen sind so hart und schlecht.«

Dann schlich sie fort und härmte sich.
Und wieder wuchs im Feld das Brot,
Und wieder glomm die Rose rot
Und quoll die Frucht von frischem Saft

Und bräunte sich der grüne Schaft:
Sie schlich dahin und härmte sich.

Dann saß sie auf der grauen Bank
Und fühlte, wie die Frucht ihr schwoll,
War ganz des süßen Wunders voll
Und war so müd', so müd', so müd' – – –

Was barg das Tüchlein, das sie trug?
Aus blauer Seide war's genäht,
Mit Silbersternen übersä't;
Sie schlug es unterm Schlehdorn auf.

Sie schlug es unterm Schlehdorn auf.
Ein braunes Kindlein schaut' heraus;
Das sah gar lieb und fröhlich aus
Mit schwarzen Schlehenaugen.

Sechs blut'ge Male wies sein Leib. –
Und als Johannistag begann,
Da hub ein heimlich Keimen an:
Ein Knösplein brach aus jedem Mal.

Ein Knösplein brach aus jedem Mal,
Und jedes trug ein Blättlein grün
Und ließ ein weißes Blümlein blüh'n
Wohl unter dem Schlehdorn.

Die Mutter kniete still im Gras
Und sah und bebte und erblich
Und beugte vor dem Wunder sich
Und faltete die Hände fromm.

Der Schehdorn raunte, und ihr schien,
Als ob ein Stimmchen: »Vater!« rief;
Da neigte er die Äste tief,
Ganz tief und streichelte sein Kind.

Sechs Blümlein weiß, sechs Blättlein grün.
Und als Johannistag verrann,
Da fingen sie zu welken an,
Sechs Blümlein weiß, sechs Blättlein grün.

Zwei schwarze Lichtlein loschen aus.
Noch einmal küßte Muttermund
Der lieben Augen leuchtend Rund,
Zwei schwarze Lichtlein loschen aus.

Sein kleines Haupt in ihrem Schoß.
Sie spürte, wie der Strauch sich bog
Und sacht um sie die Zweige zog
Und tröstend übers Haar ihr strich –
Und weinte, weinte bitterlich
Wohl unter dem Schlehdorn.

2
Trompeterlegende

»Spring', mein Blut, spring' mein Blut!
Rausch' hin in heißen Flüssen!
Ob ich keine Einz'ge kenne,
Möcht' ich Alle küssen.«

Die Geigen gehen: »Fideldideldi!«
Trompete schließt den Reigen.
Die Flöten flattern: »Tiritirili!«
Trompete heißt sie schweigen.

Der Mond stand überm großen, grauen Haus
Und schien den Musikanten.
Die Mädchen horchten hungerheiß hinaus,
Und ihre Lippen brannten:

»Spring', mein Blut, spring', mein Blut!
Rausch' hin in heißen Flüssen!
Ob ich keinen Einz'gen kenne,
Möcht' ich Alle küssen.«

Die Töne kosten klingend ihren Leib;
Sie sprangen aus den Kissen
Und waren jung und warm und wild und Weib –
Den Vorhang weggerissen!

Die Musikanten grüßten freudevoll
So süße Nachtgespenster.
Ein Herzlein schwoll, ein liebes Stimmlein scholl
Hinaus, hinaus zum Fenster:

»Spring', mein Blut, spring' mein Blut!
Rausch' hin in heißen Flüssen!
Kennt mich der Trompeter nimmer,
Möcht' ich doch ihn küssen.«

Und der Trompeter sprang ins Haus hinauf
Die schlüpfrig schmalen Stufen;
Da ging die Tür, da glomm in Dunkel auf
Der Mund, der ihn gerufen:

»Spring', mein Blut, spring', mein Blut!
Rausch' hin in heißen Flüssen!
Ob ich keinen Einz'gen kenne,
Möcht' ich Einen küssen.«
— — — — — — — — — —
Ich hört' einen Frauenschrei
In der Nacht.
Hatt' sein nicht acht.
Und ging vorbei.

»Und wenn ich sterben müßte,
Sobald mein Kindlein schreit,
Und wenn ich's sicher wüßte,
Ich segnete mein Leid.
Und segnet' die Trompete,
Die mich zu Leiden rief
Und segnet' den Trompeter,
Der mir zur Seite schlief.«

»Spring', mein Blut, spring', mein Blut!
Rausch' hin in heißen Flüssen!
Ob ich keinen Einz'gen kenne,
Möcht' ich Einen küssen.«

»Dein Lied ist Windeswerben,
Ist Hauch der Sommerluft;
Bin noch zu warm zum Sterben,
Und kalt ist, ach, die Gruft.
Und wenn ich's hören werde
Und nicht mehr werde sein,
Entsteig' ich dunkler Erde
Und zieh' dich tief hinein.«

»Trägt mich der schwarze Kasten,
Und gehst du hinterher,
Dann blas' auf meinem Hügel,
Sonst nimmer-nimmermehr:

»Spring', mein Blut, spring', mein Blut!
Rausch' hin in heißen Flüssen!
Ob ich keine Einz'ge kenne,
Möcht' ich Alle küssen.«
— — — — — — — — — —
Schwerer, starker Stille Macht
Keck das Lied durchbrach;
In der weiten Winternacht
Glitt ein Echo nach.

Glitzernd glänzt' ein Stern herab,
Goldig gleißt' das Rohr;
Über toter Liebe Grab
Flog es hell empor:

»Spring', mein Blut, spring', mein Blut!
Rausch' hin in heißen Flüssen!
Ob ich keine Einz'ge kenne,
Möcht' ich Eine küssen.«
— — — — — — — — — —

Sie saßen um die Feuer her beim Spiel:
Die Pfeife qualmte an dem bärt'gen Munde,
Der Würfel hüpfte, und die Karte fiel;
Der Humpen machte langsam seine Runde.

Und tote Wunden wurden wieder wach
Und totes, längst vergessenes Geschehen –
Ein Heimatsdorf, ein Mühlenrad am Bach,
Ein Mädchenhaupt mit Augen, schwarz wie Schlehen.

»Und warst du einstmals dort, jetzt bist du hier,
Der wack're Vater eines munt'ren Jungen.
Spiel' uns das Lied, Kam'rad, mit dem du dir
Des Liebchens Kammerpförtlein aufgesungen!«

Er stieß den Becher nieder, hart und schwer,
Sein braunes Antlitz wollte rot sich färben:
»Kaum kenn' ich's noch – ich spielt' es lang' nicht mehr.«
Er lachte auf: »Sie meint', ich müßt' dran sterben.«

Und rauhe Stimmen schrie'n mit heis'rem Hohn:
»Blas', Feigling, blas'! Sonst troll' dich rasch von hinnen!«
Da rührte leise, leise sich der Ton
Und lebt' in seinen weinberauschten Sinnen:

»Spring', mein Blut, spring', mein Blut!
Rausch' hin in heißen Flüssen!
Ob ich keine Einz'ge kenne,
Möcht' ich Alle küssen.«

Er setzte an sein güldnes Rohr. Kein Laut.
Er setzte an. Kein Laut. Und wild Gezeter:
»Warst du so zaghaft auch bei deiner Braut?
Zum Teufel, Kerl, was bist du denn Trompeter!«

Er setzte an. Kein Laut. Was schwieg sie noch,
Da seinen glüh'nden Atem sie verspürte?
Ihm war's, als sei das hartmetall'ne Loch
Ein weicher Mund, der seine Lippe rührte.

Er setzte an. Kein Laut. Er setzte an.
Kein Laut. – Horch! Still! Ein Wispern, Flüstern, Raunen!
Ein nie gekannter Klang – wie Zauberbann –
Und seine Augen wurden weit vor Staunen.

»Ich bin es,« sang die fremde Melodie
»Nicht mehr dein warmes Lieb, ein kühler Schemen.
Ich blas' es nicht, ich blas' es nun und nie:
Wie könnt' ich meinem Kind den Vater nehmen?«

MANN UND WEIB

Stimme des Bluts

Du mußt nicht hören, was sie sagen,
Nicht glauben, was die Augen sehn,
Nicht deines Herzens Uhrenschlagen,
Des Geistes Falterflug verstehn.

Der glatte, matte Silberreifen,
Der kühl den Mädchenleib umschnürt,
Ihn soll kein Zauber von dir streifen
Als ich. Ich will, was mir gebührt.

Mein heilig Recht ist mein Begehren;
Ich ford're Träume, wild vor Glut,
Will grausam Lachen, frevle Zähren –
Den Schleier fort! Ich bin das Blut!

Streck' aus die Hand in Sündenqualen
Zum Himmel dort, zur Erde hier;
Dein Mund soll Lust mit Lüsten zahlen,
Und dir am Herzen keim's: Gebier!

Neu will ich werden in dem Leben,
Das dir mein Wunder schuf. Sei's mein!
Es soll wie du in Glück erbeben,
Wie du in tiefem Jammer schrein.

Hast du mir, was dir gleicht, gegeben,
So schlaf', dein müd', in dir ich ein.

Ich weiß es

Plage steht am Wege, den ich schreiten will,
Not steht an dem Wege, den ich schreiten will,
Tod steht an dem Wege, den ich schreiten will,
Klage liegt am Wege, den ich schreiten will.

Und Zungen hat jeder Meilenstein,
Und alle die kleinen Kiesel schrei'n,
Schrei'n Weh – wo ein Mädchen röchelnd sank,
Flüchtig, verlassen, müd' und krank.
Not steht an dem Wege, den ich schreiten will,
Tod steht an dem Wege, den ich schreiten will,
Und ich schreit' ihn doch!

Törichte Mädchen in Schmach und Pein:
Tausend gingen vor mir.
Tausend kommen nach mir.
Ich werde die Tausendunderste sein.
Meine Lippen auf fremdem Mund:
Und sterben ein Weib wie ein räudiger Hund –
Schreckt's dich nicht? Nein.
Meines Herzens Schlag an fremder Brust:
Lache, mein Aug', eh' du weinen mußt!
Und du weinst ja nicht allein.

Not steht an dem Wege, den ich schreiten will,
Tod steht an dem Wege, den ich schreiten will,
Kummer und Klage, graue Plage:
Ich weiß es – und schreit' ihn doch!

Marschlied

Wir wollen uns einmal die Welt recht beseh'n;
Die Welt, die ist lustig und laut.
Ich bin Marketendrin, muß neben dir gehn,
Du Krieger, dem stets ich vertraut.
Ein Mädchen, das gern an den Liebsten sich schmiegt,
Gleichviel, ob er küßt, ob er haut,
Zu trotzig nicht streitet, zu leicht nicht erliegt,
So liebt der Soldat seine Braut,
Ja, so liebt der Soldat seine Braut!

Wirf von dir die drückende Bürde, das Leid;
Was schleppst du den Berg sie hinan?
Man nimmt doch nicht mit, wenn die Wege so weit,
Was gern man zu Haus lassen kann.
Umfaß mich nur kräftig – das ist keine Schand',
Sehn drum auch die Leute uns an!
Es flattert am Kleid mir ein lichtblaues Band;
Das weh' uns als Fahne voran,
Ja, das weh' uns als Fahne voran!

Und hast keinen Helm du, den schaff' ich dir bald;
Ich schmied' ihn aus Blumen am Rain.
Nimm noch zum Gewehr einen Ast aus dem Wald,
So steht die Bewaffnung dir fein.
Nun wandern wir fort, bis die Sonne entschlief,
Und birgt uns der Mond seinen Schein,
So blicken wir uns in die Augen recht tief,
Die sollen Laternen uns sein,
Ja, die sollen Laternen uns sein!

Und ich – zwar ich bin Marketenderin dir,
Doch trag' nicht nach Braten Begehr,
Und woll' auch verlangen nicht Wein und nicht Bier;
Mir scheint solche Last viel zu schwer.
Ich hab' einen Mund, der wie Rotwein dir winkt,
Den geb' deinen Lippen ich her,
Und wenn der Soldat immer durst'ger sich trinkt,
So wird doch der Becher nicht leer!
Ja, so wird doch der Becher nicht leer!

Der Schellenbaum

Wir feiern's in der Kirche nicht,
Nicht unter grünen Mai'n;
Unterm gold'nen Schellenbaum,
Da soll die Hochzeit sein.

Der Schellenbaum hat Glöcklein viel,
Die klingen klar und hell;
Sie läuten froh, sie läuten fein
Wie in der Dorfkapell'.

Den Schellenbaum, den trug mein Schatz,
Zog's Regiment vorbei:
Ein Schwänzlein weiß, ein Schwänzlein rot,
Die flogen frisch und frei.

Der Schellenbaum ist schlank und hoch,
Drum pflanz' ihn in den Grund,
Tritt zu mir unters güldne Dach,
Und schwör's auf meinen Mund:

»Und wenn der Schell'nbaum Wurzel schlägt
In dieser grünen Au
Und wenn er bunte Blättlein trägt,
Dann nehm' ich dich zur Frau.«

Aus Westend

Der Morgen war so hell und froh –
Ein Wagen kam von ferne
Und brachte eine Ladung Stroh
Gemächlich zur Kaserne.

Mir schien ein Berg der mächt'ge Hauf;
Fast stieß er an den Himmel.
Und ein Soldat saß obenauf
Und lenkte seine Schimmel.

Ich dacht': Hätt'st statt des Kriegers du
Dort oben Platz genommen,
So winktest du gewiß mir zu,
Ein wenig mitzukommen.

Dann ließen wir mit langer Lein'
Die braven Schimmel gehen
Und kröchen tief ins Stroh hinein,
Daß niemand uns könnt' sehen.

Ich wär' im himmelhohen Haus
Dein einz'ger Gast der Erde –
Und schöne Namen dächt' ich aus
Für uns're beiden Pferde.

Soldatenmädchen

Und wenn du Männer zwingen willst,
So mußt du rasch dich rüsten
Und, eh' im West der Schnee noch schmilzt,
Marschier'n nach Frankreichs Küsten.
Und wenn du Mädchen zwingen willst,
So weck' nur dein Gelüsten,
Und ruh' heut' nacht, daß du es stillst,
An meinen weißen Brüsten.

Und was der Leute Mund drob' red't,
Den Spott will ich ertragen;
Wenn dir der Feind nicht widersteht,
Wie sollt's dein Lieb wohl wagen?
Ein heißes Herz ist noch kein Fehl,
Ein' tapf're Seel' kein Schaden,
Und wenn sich fanden Herz und Seel',
Wird uns der Himmel gnaden.

Denn so ist dein und mein Geschick:
Dir schuf der Schmied die Waffen;
Den ros'gen Mund, den dunklen Blick,
Die hat mir Gott geschaffen.
Der Schuster hat die Schuh' gemacht,
Die deinen Weg betraten,
Vom Schneider hab' ich meine Tracht,
Mein Kindlein vom Soldaten.

Abschied

Weil der Sommer Rosen bringt,
Bringt der Winter Schnee;
Weil ich meine Freude trag',
Trag' ich auch mein Weh.

Hätt' den Hut auf deinem Kopf
Niemals ich geseh'n,
Wüßt' ich auch nicht wie der Helm
Deiner Stirn möcht' stehn.

Und wenn nie solch wilder Bursch
Zu mir kommen wär',
Fiele deinem Mädchen heut'
Auch kein Scheiden schwer.

Huscht ein Tränchen mir vom Aug',
Ist's, weil eins mich reut:
Daß wir nicht genug geküßt,
Das schmerzt mich noch heut.

Die Werbung

Viele dunkle Wolken
Trägt das Himmelszelt,
Viele dunkle Sorgen
Schleichen durch die Welt,
Viele schwere Wunden
Schlägt ein Schwert von Erz,
Viele schwere Stunden
Kennt das Menschenherz.
Viele gold'ne Früchte
Trägt ein einz'ger Strauch,
Viele gold'ne Blumen
Knickt ein einz'ger Hauch.
Laßt die Frucht uns pflücken
Und die Blüte auch!
Viele gold'ne Blumen
Knickt ein einz'ger Hauch.

»Ist mein Strauß gelungen,
Herr, nach deinem Sinn?«
Sprach die wunderschöne
Blumenbinderin.
Und der König sagte:
»Nicht sei dir's verhehlt:
Viele Blumen band'st du,
doch die schönste fehlt.« –
»Sollt's die Hyazinthe,
sollt's die Tulpe sein?
Ist es die Narzisse,
ist's die Nelke?« – »Nein.«
»Nenn' die Blume, König,
die du dir erwählt!
Viele Rosen gab ich –«
»Doch die schönste fehlt.
Eine prächt'ge Blüte
mangelt noch dem Strauß.
Wirst sie mir nicht weigern?«
»Such' sie, Herr, dir aus.«
»Eine rote Rose
nehm' ich mir zur Stund' –«
Seine Lippe küßte
ihren roten Mund.
Seine Rechte faßte
ihre weiße Hand:
»Schenkst du mir die Lilie,
die ich eben fand?

Schenkst du mir die Rose, die ich eben brach?«
Und ihr Auge lachte, und ihr Herz, das sprach:

Viele helle Sterne
Leuchten klar und rein,
Viele helle Augen
Glühn mit Flammenschein,
Viele bunte Vögel
Singen gleichen Sang,
Viele bunte Worte
Haben gleichen Klang.
Viele schöne Blumen
Blüh'n an einem Tag,
Viele schöne Herzen
Schlagen einen Schlag.
Laß uns heut' noch lieben,
Komme, was da mag!
Viele schöne Blumen
Blüh'n nur einen Tag.

Leichtsinn

»Was willst du dir schaffen, mein Kind,
Aus deinem Leben?«
»Einen brausenden Wirbelwind,
Ein lachend Schweben.«

»Nicht haftet die Myrte beim Tanz
In wehnden Locken.«
»Die Sterne der Nacht sind mir Kranz
Und Hochzeitsglocken.«

»Wie küßt bald der Sommer dich heiß?«
»In seid'nen Netzen.«
»Wie gibst du dem Winter dich preis?«
»In Bettlerfetzen.«

»Sack' ein, was an Talern dir rollt!
Magst einst es streuen!«
»Jung raff' ich nur Sonnengold,
Mag's alt mich reuen.«

»Heiß' Blut soll beim Freudenmahl
Mein Becher spenden:
Wie hüb' ich den vollen Pokal
Mit welken Händen!«

Verlorenes Lied

Ich bin arm und habe nichts.
Nichts! Garnichts!
Nichts als lange Haare –
Bin zweiundzwanzig Jahre –
Sind rotes Gold, meine Haare,
Sagen die Kaufleut' mir.

Ich bin arm und habe nichts.
Nichts! Garnichts!
Nichts als gemalte Brauen –
Fluch den ehrbaren Frauen! –
Sind tintenschwarz, meine Brauen,
Sagen die Schreiber mir.

Ich bin arm und habe nichts.
Nichts! Garnichts!
Nichts als kecke Blicke –
Weißt du, wem ich sie schicke? –
Sind scharfes Schrot, meine Blicke,
Sagen die Jäger mir.

Ich bin arm und habe nichts.
Nichts! Garnichts!
Nichts als reife Lippen –
Tugend fährt über Klippen –
Sind kirschensüß, meine Lippen,
Sagen die Gärtner mir.

Ich bin arm und habe nichts.
Nichts! Garnichts!
Nichts als geschmeidige Sohlen –
Ei, in der Schenke das Johlen! –
Sind zum Tanzen gemacht, meine Sohlen,
Sagen die Spielleut' mir.

Ich bin arm und habe nichts.
Nichts! Garnichts!
Nichts als weiße Glieder –
Blankes Gold lockert mein Mieder –
Sind Flammen der Lust, meine Glieder,
Sagst heute nacht du mir.

Ich bin arm und habe nichts.
Nichts! Garnichts!
Nichts als ein Leben in Schande,
Einen Tod am Straßenrande –
Einst in zerlumptem Gewande
Scharrt man mich ein im Sande.
Wo? Sagt keiner mir.

Ich bin arm und habe nichts.
Nichts! Garnichts!
Nichts als die heimliche Zähre –
Daß ich so arm nicht wäre! –
Nur meine Dirnenehre!
Vom Strauch fällt die tausendste Beere;
Fault sie, wer sucht nach ihr?
Sterb' ich, wer weint nach mir?

Carmen

Morgen, morgen habt ihr Ruhe,
Jauchzt drum heut' noch, Geigen!
Heut' vertanz' ich meine Schuhe,
Morgen meine Seele!

Morgen, morgen meine Seele –
Mag ins Blau sie flattern,
Singen wie mit Vogelkehle
Helle Jubellieder.

Helle, helle Jubellieder,
Die sie einstmals lernte,
Da mir übers rote Mieder
Manneshände glitten.

Hände, wie so leis sie glitten!
Augen, wie ihr lechztet!
Gab mich euch mit weichen Schritten,
Mit geschloss'nen Lidern.

Ja, und mit geschloss'nen Lidern
Glaubt' ich eurem Kosen,
Ließ ich schweigend mich erniedern –
Meiner Sünden größte!

Meiner tausend Sünden größte! –
In die Laube trat ich,
Als sein Finger scherzend löste
Blauen Mieders Schnüre.

Blauen, blauen Mieders Schnüre!
Saht ihr, Veilchenaugen,
Wie so trüg'risch seine Schwüre?
Wißt ihr's, blonde Flechten?

Wißt ihr's, wißt ihr's, blonde Flechten?
Blasser Mund, du zucktest,
Als der Dolch in meiner Rechten
Deinem Liebsten drohte.

Deinem, meinem Liebsten drohte,
Aus dem argen Herzen
Riß mein Blut, das heiße, rote,
Oder war es seines?

Oder war's nicht wirklich seines?
Wohl, denn meins wird fließen,
Wenn die Ruh' des Abendscheines
Trübt mein Todesröcheln.

Wenn verweht mein Todesröcheln,
Faß das Beil aufs neue,
Schneide, Henker, von den Knöcheln
Meine braunen Füße.

Meine kleinen, braunen Füße
Sollen überm Grabe,
Nachtgespenster, Totengrüße,
Tanzen, tanzen, tanzen!

Die Leuchte

Ich steh' und halt' die Kerze in den Händen,
Wie's Mägdepflicht.
Ich steh' und halt' die Kerze in den Händen
Und wanke nicht.

Ich steh' – und leuchte ihm durch düst're Hallen
Zum Brautgemach.
Und möchte zitternd ihm zu Füßen fallen
Und stöhnen: »Ach!« –

Ich harr' und halt' die Kerze in den Händen
Und wanke nicht.
O könnte meine armen Augen blenden
Dies müde Licht!

Nicht sehn, nicht sehn wie unterm Myrtenzweige
Ihr Schleier wallt!
O Herz, o Herz, du wildes, schweige, schweige!
Sie kommen bald.

Ich selber half den Blumenpfad bereiten;
Da streute ich
Die Rosen, die er bald in frohem Schreiten
Zertritt – wie mich.

Ich steh' – und vor mir perlt das Licht zu Ende
Im Flimmerschein.
Und glüh'nde Tropfen sengen meine Hände.
Ich darf nicht schrein.

Die Pforte knarrt. Mein Mund, wünsch' Glück den Gatten!
Nein, schrei, o schrei!
Ich seh' – mein irres Aug' umhüllt ein Schatten –
Vorbei! Vorbei!

Ich seh' – Er spielt mit ihres Schleiers Enden.
Sie geht! Sie spricht!
Ich steh' – und halt' mein brennend' Herz in Händen
Und lösch' es nicht – – – – –

Die Verlassene

1
Sehnen

Ob du von mir dich fortgewandt –
Komm, Liebster, komm! –
Harrt meine Tür noch deiner Hand –
Komm, Liebster, komm!

Nicht ich ersehn' nur neuen Gruß –
Komm, Liebster, komm! –
Mein Teppich hofft auf deinen Fuß:
Komm, Liebster, komm!

Nicht mich nur quälet Einsamkeit –
Komm, Liebster, komm! –
Mein Sessel macht die Arme weit:
Komm, Liebster, komm!

Nicht mein Aug' nur wird heimlich naß –
Komm, Liebster, komm! –
Die Lampe schimmert gar so blaß:
Komm, Liebster, komm!

Nicht mein Gesicht nur bleicht das Weh –
Komm, Liebster, komm! –
Mein Bett ist weißer als der Schnee:
Komm, Liebster, komm!

2

Was war

Durch vergang'ner Freuden Gasse
Mein Erinnern irrt.
Weit stehn manche Türen offen,
Manches Fenster klirrt.

Und die Häuser warten, winken,
Alle in der Reih';
Immergrüner Efeu raschelt –
Doch ich geh' vorbei.

In des kahlen Fensters Rahmen
Zeigt sich rotes Licht
Und ein Männerhaupt. Ich stocke –
Weiter kann ich nicht ......

—

Ich möchte nimmer hören
Der Uhren Schlag,
Mit beiden Händen halten
Den kurzen Tag.

Einst schienen sich die Zeiger
Zurückzudrehn;
Mir blieb die Glut der Sonne
Im Mond noch stehn.

Und jünger ward, nicht älter,
Ich Stund' um Stund':
Das tat ein großer Zaubrer,
Ein fremder Mund ......

3
Gleichnis

Der Flieder neigt sich welk in zarter Trauer;
Stolz glüht der Rotdorn im Gewitterschauer.

Er lächelt unter tausend blut'gen Wunden.
So ist die Lieb', die du bei mir gefunden.

Sie beugte sanft sich dir wie weißer Flieder,
Schaut jetzt wie Rotdorn flammend auf dich nieder.

Klage nicht ....

Klage nicht, klage nicht,
Wenn dir ein Becher in Scherben bricht;
Hast ja noch alle die andern.
Und laß von der hölzernen Schale die Hand
Zum klirrenden Glase wandern.
Ist der goldne Pokal dir nicht bauchig genug,
So schmunzelt behaglich der irdene Krug;
Verspritzt auch der Wein,
Schenk' neuen dir ein!
Denn die Freuden sind Feuer, sind flammendes Licht:
Jeder Schlag, der es teilt,
Gleich ist er geheilt –
Klage nicht!

Die schwarze Zither ergriff meine Hand;
Es horchte mein Ohr, wie sie sang und sprach.
Meine Finger gingen den Saiten nach,
Den silbernen Brücken, die hingespannt
Von der Welt unsres Lebens zum Märchenland –
Und sieh! Eine Brücke brach.
Ein lustiges Lied durchs Herz mir scholl;
Ich rührte die Zither: Wie gell! Wie schrill!
Alle Saiten zitterten freudevoll;
Nur eine blieb still.
Ein ernster Gesang schritt langsam daher.

Ich harrt' auf sein Kommen: welch rauhes Gebrumm!
Alle Saiten regten sich müd' und schwer,
Nur eine blieb stumm.
Wie tönte sonst Freude und Schmerz so schön!

Heut' war nur ein Mißlaut der heitere Sang,
Und das Lied der Schwermut war dumpfes Gedröhn:
Eine Saite zersprang.

Und wenn auch eine Brücke dir bricht,
Die hin dich führt zum Glücklichsein,
Zum Glücklichsein und zum Fröhlichsein,
So sind ja doch alle andern noch dein:
Klage nicht ....

ZEIT UND EWIGKEIT

Erwartung
1914

Am blauen Himmel langen Friedens steigen
Die Wolken auf und decken schon den Rand;
Nun hat den Horizont ein schwüles Schweigen
Mit dichten, fahlen Schleiern überspannt.

Ein Wetterleuchten ist emporgesprungen –
Und alles späht. Ein Unglücksrabe krächzt –
Rings horcht's. Ein Feld von tausend Gräserzungen,
Das nach dem ersten Regentropfen lechzt.

Gleich einer Fürstin naht die Riesenwolke;
Es bläht sich weit ihr schleppendes Gewand;
Nun thront sie über einem bangen Volke,
Steht groß und düster an der Himmelswand.

Da bäumt ein Blitz sich. Donner stürzt hernieder.
Der Flammenstrahl verspritzt der Herrsch'rin Blut –
Und Regen rauscht. Der Sturm packt ihre Glieder
Und macht die Bahn frei für der Sonne Glut.

Die Fahne

Nun geht der Westwind träumen
Im weißen Arm der Winternacht;
Die Zweiglein an den Bäumen,
Sie haben zitternd sein gedacht.

Es kriecht sein schläfrig Raunen
Am schlanken Fahnenmast hinauf.
Das weckt des Himmels Staunen;
Er schlägt die Sternenaugen auf.

Die Fahne müd' sich dehnet
Und streckt den Schlangenleib zur Ruh' –
Der Sieg, den sie ersehnet,
Er winkte heut' ihr lächelnd zu.

Der Brief

Ein Fetzen Weh, vom Wind daher gefegt,
Das war er nun.
Ich hab' ihn still ins heil'ge Buch gelegt,
Zu ruhn – zu ruhn – – – – –

Und die vergilbten Blätter schlossen ihn
So linde ein,
Wie Totenhülle, weißer denn Jasmin,
Der braune Schrein.

So fern der Unrast, die da draußen tost,
Hat er geruht.
Und war der Klage voll und gab mir Trost –
Er war so gut – – – – –

Kurze Wege

Und werd' ich dann im Regen
Der weißen Rosen gehn,
Wenn bald ob Waldeswegen
Die Winterflocken wehn,
So wandl' ich wieder Bahnen,
Die nimmer ich verließ,
So klingt mir heut'ges Mahnen,
Das einst mich folgen hieß.

Vereister Sturzbach zischte,
Zerbrach sein Kerkerhaus,
Und Frühlingschmelze wischte
Der Füße Spuren aus;
Noch rief aus Herbergspforte
Uns Weihnachtstannenduft,
Doch unsre stillen Worte
Verwehte Märzenluft.

Das war kein keckes Schreiten,
Mein Wanderkamerad!
Und doch, in tiefe Weiten
Glitt unser kurzer Pfad,
Denn wo die Wolke regnet,
Da ist ein Himmelsfink
Dem Seelenpaar begegnet,
Das suchend gottwärts ging.

Gebet

Du wunderbare Nacht! Du weise Nacht!
Du weißt die Antwort auf der Seele Fragen,
Da du den Himmel vor mir aufgeschlagen,
Ein schwarzes Riesenbuch mit Silberlettern.
Welch' seltsam ferne Hand mag es durchblättern?
Wer ahnt das Haupt, das seine Schrift erdacht?

Drei strahlend klare Worte kann ich lesen:
O Schlaf, der du die Herzen heilst von Pein,
Ein Arzt, der alle Kranken läßt genesen;
Dich, Liebe, krönt die Nacht mit Mondenschein,
Dir macht die Schenke sie zum Heiligtume;
Traum! Wurzellose Paradiesesblume,
Die immer neu vor uns sich kann entfalten
Und deren süßen Duft wir in uns saugen,
Doch die wir nie in Händen noch gehalten
Und nie geschaut mit unsern ird'schen Augen.

Gib Schlaf und einen Traum von Liebe mir,
Du Herr der Welt! – O nein, du bist viel mehr! –
Du Herr der tausend Welten, die wir kennen,
Du Herr der tausend, die wir noch nicht nennen,
Herr, über Menschendenken groß und hehr,
Der Wunder aller, die auf Erden hier,
Froh eignen Könnens, Menschengeist entdeckt,
Weil deine Hand sie gnädig ihm enthüllet,
Die Hand, die uns mit finst'rem Unheil schreckt
Und uns zugleich den Freudenbecher füllet.

Wie ruf' ich dich?
Der Name, den die Lippe
Dir täglich, stündlich gibt, ist deiner nicht;
Das Sterbliche ist alles eine Sippe,
Dir aber gleicht kein sterbliches Gesicht.
Dein Sein kann keine unsrer Sprachen fassen,
Das Wort, das es erschöpft, bleibt stets uns fremd;
Wir müssen's, dich zu nennen, ewig lassen,
Weil deine Größe unsre Zunge hemmt.

Ja, du bist Alles: Schönheit, Macht und Güte –
Und deine Augen leuchten immerdar
Im Blau des Himmels, in der Pflanzen Blüte,
Im Rund der Seen, in der Sterne Schar.
Du kennst den Glauben nur, nicht Religionen,
Des Heiden Huld'gung selbst ist dir geweiht;
In dir muß alles, alles Höchste thronen,
Weil jedes Herz dir neue Tugend leiht.
Du schirmst auch sie, die nicht dein Sein begehren;
Kein Herrscher bist du, der voll Zorn und Leid
Die Untertanen straft, die ihn nicht ehren –
Das tut nur irdische Gerechtigkeit!
Die duftdurchwehte Dämm'rung deiner Tempel,
Der Dörfer reine Luft, der Städte Ruß,
Dir sind sie gleich; es prägt dein heil'ger Stempel
Zu deinem Dienste Mühsal und Genuß.
Der Kirche Weihrauch strebt zu dir empor,
Und aus der Arbeitsstätte Schornsteinrohr
Steigt himmelwärts der trübe, graue Dust.
Der Freuden toller Lärm, was ist er mehr
Als nur ein einz'ger Hymnus, dir zur Ehr';
Ist dein nicht alles Schöne in der Lust?
Und daß wir stolz auf vieles, was uns schmückt,
Froh über alles sind, was uns beglückt,

Daß deine Größe uns nicht ganz erdrückt,
Drum ließest lächelnd du den Feind dir schenken,
Das Böse einst, den Teufel uns erdenken,
Der oft muß tragen unsrer Sünden Last,
Daß drunter nicht der Mensch zusammenbreche;
Ein Spottbild ist's, das du verziehn uns hast:
Das Böse, Teuflische, was je uns faßt,
Es ist doch weiter nichts als – Menschenschwäche.

Nur unsre Schwäche ist der Keim der Sünden,
Sie trennt uns heut' und ewiglich von dir;
Du gabst sie uns. Warum? Das können wir,
Das sollen wir auch nimmerdar ergründen.
So stark ist keiner, daß er gänzlich gut,
Durchs roh'ste Herz klingt eine fein're Saite,
Den Feigling ehrt die Scheu vor Brudersblut,
Den Räuber ziert sein wilder Mut im Streite:
Was wir als Güte hier und Bosheit sehn,
Das wird vor dir als eine Schwäche stehn.

Nicht sprech' ich mehr. Laß, Herr, mein Herz dich bitten!
Wohl mag mein Wunsch den Menschen Sünde sein;
Er überragt ja ihre engen Sitten –
Und ist er, Größter, nicht für dich zu klein?
Zuckt unser Aug' nicht bei des deinen Blitzen,
Wenn Feuer speit des Himmels Riesenmund?
Du schleuderst talwärts stolze Felsenspitzen,
Und Sterne wirfst du auf der Erde Grund.
Nur du vereinst das Große mit dem Kleinen:
Du läßt heut' nacht den Weltball uns erscheinen,
Den jetzt kein menschlich Wesen mehr bewohnt –
Dies Wissen ist's, das Forscherarbeit lohnt –
Und schenkst den Kindern, die im Dunkeln weinen,
Solch einen schönen, blanken, runden Mond.

Abschiedslied

Sternlein tanzt im Weiten,
Lieb und licht und silberrein;
Möcht' zwei Flügel breiten
Und ihm rufen: »Du bist mein!«

Möcht's behutsam fassen,
Wie sich's leise singend dreht
Und es gleiten lassen,
Wo des Liebsten Lager steht.

Häuser sind gemalet
Schwarz auf blauen Himmelsgrund;
Nur ein Fenster strahlet
Wie ein freundlich Augenrund.

Lämpchen blinkt von drinnen,
Lieb und licht und goldenrein;
Flimmerfäden spinnen
All mein waches Denken ein.

Hinter Vorhangs Wehen
Geht ein Kindelein zur Ruh',
Streift von ros'gen Zehen
Seine kleinen, braunen Schuh'.

Läßt sein Herzlein beten,
Lieb und licht und goldenrein;
Möcht' ins Zimmer treten
Und ihm sagen: »Du bist mein!«

Flöckchen flattert nieder,
Lieb und licht und silberrein;
Bin ich einstmals wieder,
Mag ich solch ein Flöckchen sein.

Aus der Flut gehoben
Wird der Tropfen als ein Hauch;
Strebt der Dunst nach oben,
Folgt ihm meine Seele auch.

In der Schneestaubstreue
Klingt sie mit als Glasglöcklein,
Kehrt zur Flut aufs neue,
Lieb und licht und silberrein.

Drüben stirbt die Helle,
Fällt das Fensterauge zu;
Hier, in weicher Welle,
Geht ein müdes Kind zur Ruh'.

Gottes-Dienst

Wer in diesen Tempel tritt,
Gleichsam läßt die Erdenschranken,
Bringt als Opfergabe mit
Einen reinen Gottgedanken.
Gottgedanke – Rosenblatt,
Dufthauch, den mein Sehnen trinket,
Der sich müd' gegaukelt hat,
Sacht ins Herz mir niedersinket.

Orgelstimme. Klangkristall
Rauscht im Strom aus Goldpokalen,
Trägt die Seele froh ins All,
Wäscht sie blank von Staubesmalen.
Taublank darf sie, wahrheitsklar,
Freudvoll sich dem Höchsten neigen;
Ohne irdisch Schwingenpaar
Steigt sie auf in ew'ges Schweigen.

Jauchze, inneres Gebet!
Jauchze ohne Lippenstimme!
Da mein Körpersein vergeht,
Geist, in geist'gem Sein ich schwimme.
Da ich kinderheilig bin,
Mensch, der nie als Mensch gelebet,
Eins mit jedem laut'ren Sinn,
Der ins Wesenlose schwebet.

Fliegt empor! Die Truhe bricht,
Unsres Lebens Todestruhe:
Freiheit! Wahrheit! Liebe! Licht!
Und kein Rausch – nur Ruhe, Ruhe – – –

Aus des Sterbens fernem Land
Hat mein Denken nichts begleitet.
Nichts. Nur eine Menschenhand,
Jene, die mich hergeleitet. –

Erlebnis

Und ernste Worte wallten tönend hin
In stetem Gleichmaß, ungehemmtem Zug;
Mir schien, es spräche nicht die Priesterin,
Mein Selbst ward Mund und Rede, die er trug.

Da deuchte mich's, daß all' die wirre Pein
In Staub, in Dunst, in Luft, in Nichts sich löse,
War kein Vergehen mehr und kein Verzeih'n
Und keine Wahl mehr zwischen Gut und Böse.

Da rief ein unbegrenzter Himmel: »Komm!«
Noch stritt mein Leib, mich erdennah zu halten:
Ich gab dem sinnenfernen Geist mich fromm
Und fühlte staunend mich zwei Hände falten.

Gebet aus dem Sumpfe

Aber sieh, wir haben unsern Mund,
Unsern Mund zum Beten heut' nicht mehr!
Unsre Kniee hält der schlamm'ge Grund,
Unsre Kniee beugen sich so schwer.

Unsre Hände sind so weiß und weich
Und in süßen Salböls Duft gehüllt,
Goldbehangen, Opferschalen gleich:
Unsre Hände sind mit Kot gefüllt.

Aber sieh, wir haben unsern Mund,
Unsern Mund zum Beten heut' nicht mehr:
Unsre Lippen sind von Sünde wund,
Sind von Sünde heiß und brennen sehr.

Haben oft gelästert, oft geprahlt –
Gib ein Wort uns, demutstief und rein!
Unsre Lippen sollten, rotgemalt,
Purpursaum am Tempelvorhang sein.

Aber sieh, wir haben unsern Mund,
Unsern Mund zum Beten heut' nicht mehr;
In den Augen weint kein Himmelsrund,
Denn der Himmel war zu kalt, zu leer.

Unsre Augen sind der Erde voll
Und der tausend trunknen Nächte Gift,
Spiegeln noch den Pfuhl, der um uns schwoll;
Unsre schwarzen Brau'n sind Krämerschrift.

Unser Beten währt sein kurzes Heut:
Seufzer, rasch entwichen, jäh gehemmt,
Zittern ist's, das, kaum gespürt, uns reut,
Tropfen, unserm röt'ren Blute fremd.

Blasser Tropfen in der Scharlachflut,
Blasser Tropfen, der verschwimmt, verfließt;
Morgen singt ein Glöckchen uns am Hut:
»Kling, klang! Ting, tang! Selig, wer genießt!«

Heut' nur ist ein Atemhauch Gebet,
Morgen lachen wir im Narrenkleid,
Aber unser ganzes Dasein fleht
Heute, morgen und in Ewigkeit.

Einmal

Einmal wandelt Läuten durch mich hin,
Seelensingen – eine Glocke tönt,
Glocke, der ich reines Echo bin,
Nicht mehr Fleisch, das sündig jauchzt und stöhnt.

Bin ein Sprößling dann des grünen Baums,
Sinnbild ew'gen Werdens, ew'ger Rast,
Und mein Leib, der Rest des Menschentraums,
Steht und wartet, daß er Wurzel faßt.

Einmal bist du Trug, mein Leib, mein Stamm,
Der du heute noch mir Wahrheit heißt,
Einmal bist du tot, bist Erde, Schlamm,
Doch ich leb', ein Nichts, ein Alles: Geist.

Bald!

Denn schon hör' ich, wenn den bitt'ren Tag versüßt
Irgendwo mir eine Vogelkehle,
Liebe, ferne Stimme, die mich lautlos grüßt:
»Schwesterseele!«

GEDICHTE UM 1920

FRÜHER ZYKLUS I. IN MEMORIAM 1918

Die Frau

Verschneites Feld. Ein Schlitten saust daher,
Und Schellenklingeln, Hufschlag, Peitschenhiebe. –
Die Föhre hüllt der weiße Mantel schwer
Wie eine süße, stille, reine Liebe.

Sie bebt um den, der sie berühren soll,
Will ihre Last dann tiefer, tiefer senken
Und leise ihm, ganz weich und demutsvoll,
Die großen Flocken wie ein Lächeln schenken.

Im Anbeginn

Gott segne dich. Der dich gemacht
Und der dich kennt. Ich kenn' dich nicht.
Ich stehe in dir wie in Nacht
Und starre nach dem Sternenlicht;
Bin doch vom Deingedenken schwer
Wie ein mit Frucht beschenkter Baum
Und wieg' mich trunken hin und her
Und trag' die Last und spür' sie kaum.

Ich weiß, du bist die mächt'ge Welt,
Die klein und gütig ward für mich,
Seitdem mein Wunsch vom Himmelszelt
In deine trüben Tiefen schlich,
Seit alle Wege jahreweit,
Die eilten in beglückte Ruh',
Seit Ewigkeit schon jene Zeit,
Da nichts, da garnichts ist denn du.

Ich weiß, du bist die sel'ge Not,
Die hell aus dunklen Tränen bricht.
O komm'! O komm', du Morgenrot,
Mein Herz wird Lied, mein Leib wird Licht.
Leg' an den Tag, o liebe Nacht,
Drum bitt' ich dich so flehentlich …
Ich kenn' dich nicht. Der dich gemacht
Und der dich kennt, Gott segne dich.

Bekenntnis

Märztag, Märzmittag. Zarter Regen träuft,
Und schon grüßt's: »Frühling!« aus den Tannenstiegen.
Der Schnee wird grau. Ein rotes Eichhorn läuft.
Die goldgestäubten Ammernschwingen fliegen.
Ich schweig', du sprichst. Hast hart die Schuld gehäuft
Und klagst und willst, ich soll sie wiegen.

Ich heb' sie mit den Mädchenarmen: Leicht!
Schwer wie der Regentropfen Glast im Hage,
Der Sonnenstrahl, den Nacht vom Haar mir streicht,
In einer Mutter Kindleins scheu'ste Frage,
Schwer wie der Traum, der deinem Antlitz gleicht,
Den ich durch meine Tage trage.

Opfergang

Ich wußte, daß auch ich geboren bin.
Es ist ein Buch, da steht mein Name drin.

Ich war mir selbst zu eigen zwanzig Jahr,
Trug schwer an mir; da fand ich den Altar

Und hab' auf seinen Stufen scheu mein Ich
Um eine Güte Gott geschenkt: für dich.

Und legte meines Ichseins Glück dazu
Und wurde reich, da nichts mir blieb. Nur du.

Bitte

Nah' dem Glücksweg bautest du mein Haus,
Liebe sä'test du vor seine Schwelle.
Sieh, schon bind' ich mir den bunten Strauß!

Doch dies Glöckchen, herzblutrot und klein,
Glänzte morgens an der Herrgottsquelle;
Zitternd klang's nach dir. Drum laß mich ein,
Daß ich's sacht in deine Seele stelle,
Weil ich Weib bin – und die düst're Zelle
Darf für mich nicht gar so düster sein.

Schenken

Eines Morgens ging das arme Mädchen
Zu dem schwarzen, schlauen, flinken Männchen.
»Macht mich reich, Gevatter, macht mich reich!
Naschwerk will ich schmausen, Seide tragen,
Bis er kommt: und wenn er wieder geht,
Tanzt in seinem Sack der gold'ne Haufen,
Eß' ich hartes Brot im Bettelkleid.« –
Schaut' der Zwerg im Zaubertiegel nach,
Schüttelte den langen Bart und sprach:
Du bist arm, bist wahrlich arm, du Mädchen;
Aber du bist reich, weil du so liebst.«

Mittags ging das unscheinbare Mädchen
Zu der alten, güt'gen, weisen Hexe.
»Macht mich schön, ach Muhme, macht mich schön!
Mag der Wind mich küssen, Sonne herzen,
Bis er kommt: und wenn er wieder geht,
Blättert müd' in seiner Hand die Rose,
Lächelt dennoch sanft ihm, der sie brach.«
Schlug die Hex im Zauberbuche nach,
Hob den dürren Finger auf und sprach:
»Du bist häßlich, wahrlich häßlich, Mädchen;
Aber du bist schön, weil du so liebst.«

Als die Nacht kam, lag das schlimme Mädchen
In der schmalen Stube auf den Knieen.
»Mach' mich gut, o Herrgott, mach' mich gut!
Meine Tugend will ich streng behüten,
Bis er kommt: und wenn er wieder geht,
Wird er stolzer, herrischer sich recken,
Froh, da er der Jungfrau Reinheit nahm.«

Ihrer Stimme zog ein Raunen nach,
Leises, zartes Raunen, das ihr sprach:
»Du bist schlimm, bist wahrlich schlimm, du Mädchen,
Und bist immer gut, weil du so liebst.«

Noch eins

Ich wollte schön sein, wie ein frommer Drang
Nach Schönheit ist, – so ohne Lüge schön.
Ich wollte schön sein, wie der Preisgesang
Der Schönheit ist, – ein sternenhoch Getön!

Ich wollte solcher mächt'gen Schönheit Gabe,
Die wie ein Glück vor tausend Sinnen blinkt;
Ich will die kleine Schönheit: die ich habe,
Die eines Herzens Güte in sich trinkt.

Das Kleid

Dies ist mein dunkles Werktagskleid. Schaut es euch an.
Voller Löcher ist es und hat Flicken und Flecken,
Staub liegt auf Schmutz, und graulich Gespinst haftet dran,
Rostige Nadeln müssen die Risse verstecken.

Aber wenn der Feiertag kommt, der Feiertag und mein
lieber Freund –
Ich will's doch nicht von mir legen,
Ich bind' einen kleinen Kranz um mein Herz
Und geh' ihm fröhlich entgegen.

Der Staub auf meinem Kleide flockt dicht, ganz dicht
Und wächst weichfellen und weiß,
Durch alle Risse rieselt silbernes Licht,
Aus Nadelspitzen schlingt sich ein Sternchenkreis,
Und der bunte Tupf wird Perlenschmelz,
Und der hellere Fleck wird Demantstein,
Das Spinnengeweb schnürt den schwanweißen Pelz
In goldige Fäden ein.

Aber das Schönste ist ein winziger Strauß –
Sein Rosengesicht lächelt über den Glanz –
Der brach aus meiner Brust heraus.

Um mein Herz blüht ein Kranz.

Hörst du mich?

Tausend Träume habe ich,
Hörst du mich?
Tausend Träume habe ich für dich.
Flogst du eines Nachts vom Schwanenneste,
Hob dein Flügel mich zur Wolkenfeste.
Tausend Träume habe ich,
Hörst du mich?
Tausend Träume habe ich für dich.

Hundert Namen habe ich,
Hörst du mich?
Hundert Namen habe ich für dich.
Liebster Freund … bist meines Gottes Ritter …
Grauer Falter du mit gold'nem Flitter …
Hundert Namen habe ich,
Hörst du mich?
Hundert Namen habe ich für dich.

Fünfzig Freuden habe ich,
Hörst du mich?
Fünfzig Freuden habe ich für dich.
Glücklich Lächeln und mein zitternd Schweigen,
Buntes Kleid auf sonn'gen Waldessteigen.
Fünfzig Freuden habe ich,
Hörst du mich?
Aber nur *ein* Herz.
Für dich.

Junilied

Meine Hand streicht übers Korn;
Silberblondes Rauschen weht:
Läute, läute, liebe Glocke,
Die in meinem Herzen geht.

Jauchze jedem frohen Tag
Wie der Vogelruf im Ried,
Decke alle heißen Tränen
Zu mit einem dunklen Lied.

All mein Tun in schönstem Klang,
Der sich liebem Freunde bringt –
Läute, läute, gold'ne Glocke,
Die mit meinem Leben schwingt!

Gespräch

Mit der Rede peitschte er mich wie mit einer Gerte,
Ich hatte ihn nur noch lieber, da er mich schlug,
Und seine Worte gingen mit mönchischer Keuschheit und
Herbheit und Härte,
Düsterverhüllt, in langem, langsamen traurigen Zug.

Nie kam die verschleierte Stimme mit Lachen und Lied von
heiserer Kehle,
Doch Gedanken waren ein Quell hinter spröde steinernem
Damm,
Und ich sah seine wundervoll scheue, die arme, verwundete
Seele,
Die klein und schwer und blutend im Grunde schwamm.

Die Gabe

Ich aber kam
Und trug für dich mein Herz und Herzensblut
Und trug's in irdengrauer, schmaler Schale
Als einen Trunk zu deinem Schmerzensmahle,
Und was in mir, ward gut und ward dir gut.

Du trankst und schwiegst
Und streust im Grund weichdunkle Erde aus
Und säest Blumen, Herzen, Purpurtropfen,
Die gegen zarte Stengel singend klopfen:
Zu dir ....
Zu Gott ....
Zu dir ....
Nach haus ....

Nachtspruch

Führe Deine Frommen,
Und ihr Ziel, das heiße: Nie.
Laß Deine Lästerer kommen,
Kläre sie!

Und sprich allem Fehlen
Lautloses: Verziehn.
Wiege
Die Seelen,
Arme, irre Seelen,
Die vor dir im Dunkel fliehn.

Gedanken

Ich möchte an deinem Bette sitzen, ganz still,
Als eine kleine Mutter.
Bei ihrem kranken Kind.
Ich möchte nichts wissen, das ich will,
Schweigen,
Nur zeigen,
Wie lieb ich dich habe.

Doch käm' ich als Weib, würden die Leute
Schlecht an mir handeln.
In einen großen, schönen Hund
Will ich mich wandeln,
Mit seidigem Fell.
So find' ich dein Haus, muß kratzen
Hart an der Tür, bis du öffnest.
Dann schmieg' ich ruhig mich hin auf den Teppich vor deinem Lager,
Lieg', die Ohren zwischen den Tatzen.
Wenn einer hertritt, murre ich;
Aber wenn wir allein sind,
Heb' ich manchmal den Kopf und schaue lange auf dich
Mit klugen, treuen Augen.

Märchen

Ich hab' vor deinem Hause still gestanden
In einer Nacht.
Und hatte ganz dich lieb und ohne Maßen;
Ich wies zu dir den Sternen gold'ne Straßen
Und habe selig stumm gelacht.

Ob meinem losen Haar hob ich die Arme
Wie Zweige, schlank und rund.
Da stürzte Regen in das Mainachtschweigen
Und rief sich zage Blüten aus den Zweigen,
Und jede war ein blasser Mund.

Du aber kamst nicht.

So streute ich mit lächelndem Verschwenden
Dem Mond die Blumen her.
Und spürte Treiben herber, dunkler Kräfte,
Mir ward die Frucht voll süßer, süßer Säfte;
Schon fiel sie, duftend, weich und schwer.

Du aber kamst nicht.

Eishagel tanzte höhnend auf den Steinen.
Da klaffte schwarz ein Schacht.
Drein ließ ich die zerbrochnen Arme hangen. –
Geblüht und Frucht getragen – und vergangen
In einer Nacht.

Auf dem Bahnsteig

Rauchstandarten flattern,
Decken zu das Rot im West,
Eisenlieder knattern,
Brausend stampft der Zug sich fest.

Seine Scheiben klirren,
Menschen schöpft er aus und ein;
Dunkle Mäntel irren,
Niegehörte Stimmen schrein.

Dort wo sie sich stauen,
Muß ein Griff den Laden drehn,
Wird das Antlitz schauen,
Drin die liebsten Augen stehn.

Über bunte Kappen
Steigt des Fahrtschilds fahler Kreis,
Gier'ge Türen schnappen,
Um den Schornstein schäumt es heiß.

Hinter allen Fenstern
Fremde Augen hier und dort;
Wolken gleich Gespenstern
Fliehen stumm in Dämm'rung fort.

Auf die graue Schwelle
Klopft mein Schuh sein Einerlei:
»Standst an falscher Stelle;
Der dich kannte, fuhr vorbei ....«

Trübe Zeit

Wir rücken schneller todwärts in den Tagen,
Da um dies Wunderbild, vor dem wir knie'n,
Die geist'gen Fernen graue Tücher schlagen
Und uns're frommen Freuden zögernd fliehn,
Da alle Blumen, die aus kleinen Beeten
Wir für das Liebste überreich gepflückt,
Am Weg wir finden, welk, bestaubt, zertreten,
Und nirgends den Altar, den sie geschmückt.

Wie innig bittend unser Herz gesungen
Aus tiefster Angst vorm Dämmer, der's umfing,
Jetzt schwingt es müde in Erinnerungen,
Da all sein Flehn in fahle Leere ging.
Wie köstlich heiter uns're Wünsche tanzten,
Ihr Schritt hat keine Blütenflur gezeugt,
Und wenn das Mandelbäumchen, das wir pflanzten,
Sich unter ungestirntem Himmel beugt:

Dann kommen Stunden gleich gefang'nen Tieren,
Die lauernd um im engen Käfig gehn,
Aus seelenlosen Augen träge gieren,
In stumpfer Demut an der Pforte stehn.
Wir sind verdammt zu ewig krankem Lungern,
Und wirft uns Hoffnung karge Brocken her,
Wir kennen kaum die Not, dran wir verhungern;
Von Wind und Sonne wissen wir nichts mehr.

Einsamer Tanz

Meine Füße tauchen in den Teppich, gaukeln auf dem
bunten Meere,
Klappernd um die Knöchel hüpft grüner Kugelketten Zier.
Meine nackten Füße wissen nichts von Müh' und Schwere,
Meine Lenden wissen nichts von Scham vor dir.

Mein bemalter Schwebeschleier
Sprengt mit Rosen einen Leib, der ist Elfenbein;
Weiße Seide streicht, wie geballter Windhauch über einen
Weiher,
Meine Arme stoß' ich tief in die luft'ge Lust hinein.

Vor dem harten, kalten Spiegel tanzt' ich immer.
Deine wasserhellen Augen werden Spiegel für ein Weib,
Dennoch starrst du mit so toten, äuß'ren Blicken in dies
Zimmer:
Du erschaust die Seele durch den dargebot'nen Leib.

Doch ich irre. Nur dem eig'nen Bilde warf ich dieser Blöße
Glanz entgegen,
Und der Sessel, drin du sitzen sollst und sehen sollst, ist leer;
Du fährst über Feld zu Knecht und Herde, wiegst den
Ackersegen –
Denkst du einmal her?

Deine Hände schaffen plagevolles Werk am Ende,
Meiner Lippen Wünsche gehn im Schritt der Schenkel, scheu
wie Diebe,
Küssen deine schmalen, schlanken, deine bleichen, eis'gen
Hände,
Die ich innig liebe.

Die Aztekin

Ich liebe dich.
Und meine Welt ist schön
Und bunt und seltsam gnug. So komm' mit mir
In meine Welt. Und greif' an meine Hand –
O scheu mich nicht! – Aus meiner bunten Welt
Trug ich dies grün und rote Federkleid
Zu dir. Das dir gefällt. So rühr' es an,
Und schmiege deine Finger in den Glanz,
Denn Glänzend'res und Weich'res kennst du nicht
In deiner fahlen, harten Heimat. Löse
Den sanften Flaum von meinen kleinen Brüsten,
Wenn du nur willst, und nimm ihn dir. Ich möchte
Dir soviel schenken. Doch ist wenig mein
In deinem Lande.
Sonnenhaupt, du bist
Gleich deinem großen, gold'nen Vater Licht,
Nicht Glut gleich ihm. Und in den hellen Händen
Magst du nicht meine halten. Diese Hand
Ist Nacht so wie mein Leib, so bin ich ganz
Aus tierbraunem Gestein für dich gemacht.
Ein tiefer, glimmendroter Schein durchleuchtet
Mich als ein dunkles Haus. Doch deine Mädchen
Sind weiß, sind Rosen, höchstens gelb.
Ich sah,
Du kehrst dich voll Ekel von mir ab,
Von meiner nackten, rötlichbraunen Haut,
Die unter starrem scharfen Armreif zittert
In deiner Kälte. – Licht, du liebst das Gold;
Ich habe Gold.
Es ist nur wenig mein
In deinem armen Lande.
Und auch Schönheit

Ist nicht mehr mein. Denn deine Brüder zögern
Vor meinem häßlich-sonderbaren Antlitz
Und flüstern staunend: Ohne hint'res Haupt
Von langem dünnen Halse schau' es her;
Das sei ein Wunderding. Die enge Stirn
Sei nieder-rückgezwängt. Glattschwarzes Haar
Bau' drüber steil und spitz sich auf, ein Turm.
Ich leb' mit Mund und Augen, ihnen ähnlich –
Viel nackter doch mein Auge. Und die Nase
Sei fein, ganz schmal und schnabelhaft gebogen.
Ich seh' auf sie mit Vogelsangesicht,
Schmück' mich mit Vogelkopfputz; im Gefieder
Späh' ich geduckt, ein furchtsam Tier, umher.
So hab' ich auch, dem Geierweibchen gleich,
Auf dich, auf dich gewartet, Sonnensohn,
So lange.
Sieh', du ließest deine Brüder
Den zarten, winz'gen Kopf mir ganz umwinden
Mit schwerem schwarzen Schleier, daß mich keins
Aus deinem Volke mehr erblick' und fürchte.
Nun bin ich blind durch dich. Ich hör' dir zu,
Führ' hinter einem finst'ren Nebel dich
In meine Welt. Und meine Welt ist schön
Und bunt, dir seltsam fremd.
Ich liebe dich.

Träume:

1. Wunschlied

Du solltest zu mir kommen in der langen Nacht.
Sie hätt' aus Silberseide dir ein Bett gemacht.

Drum solltest du bei mir schlafen die ganze lange Nacht;
Mein kleines dunkles Auge wär' ein tiefer, tiefer Schacht.

Mein Auge wär' ein Brunnen, im Grunde Geisterlicht,
Da schautest du unter der Wirklichkeit allen Glückes
Gesicht.

Träume blieben in Stunden stehn und säh'n dich an: Es ist
wahr.
Sehnsucht würf' den Flügelhut aus ihrem brennenden Haar.

Alles was süß ist und warm ist, leis deine Lider nur streift,
Hätt' Nacht in roter gespaltener Frucht für deine Lippen
gereift.

Meine Locken wären feines braunes Gras und Kraut,
Aus den Halmen sprängen Blüten wie du sie nie geschaut.

Blüten von so fremdem Duft, Blüten von so selt'nem Schein
Schütteten mit unaufhörlich sachtem Rieseln ganz dich ein.

Aber meine Arme kröchen, list'gen Schlangen gleich,
Durch den Blumenwald zu dir, schön und schwellend, bunt
und weich.

In schillernde Schlingen verstrickt, in Blütenwehe verschneit –
Könntest du noch erwachen vor lauter Seligkeit?

2. Liebe im Grase

Die Blumen standen wie ein wirrer Kranz,
Brautkranz für mich, Siegerkranz für dich –
Sie leuchteten vor Scham und jungem Glanz
Und dachten sich
Wohl einen weißen, weißen Schmetterling
Oder einen raschen, roten Falter,
Der schwer an ihren off'nen Kelchen hing'.

Die Sonne kam, aus Rot und Gold und Braun,
Braungold wie mein Haar, Rotgold wie dein Leib –
Trat frei ins Blätterhaus, uns anzuschaun,
Denn sie ist Weib,
Ist warm und weiß, wie schamlos Liebe gibt,
Und beschenkte uns mit blühnden Lichtern.
Die Sonne ist ganz nackt wie wir und liebt.

Die Sonne glühte nackt und freute sich:
Freude an dir, Wohlgefall'n an mir –
Und meine Augen glänzten ewiglich
Vor Glück in dir.
Und meine Brüste haben weich gelacht,
Da sich rings die bunten Vögel riefen,
Und streiften ein Marienwürmchen sacht

Aus deinen blonden Halmen, ehe wir entschliefen.

3. Abend

So süß ist Schlaf, so tief ist Ruh',
So gut ist's, selig-still zu sein;
Nun zieh' den weißen Vorhang zu,
Und laß uns in einander ein.

So trag' ich dich, so trägst du mich,
Da dunkelblaue Weiher sind;
Du spiegelst mich, ich spiegle dich,
Bis mählich Bild und Glanz verrinnt, –
Da hebt und senkt es leise sich
Und weht wie Schilf im Abendwind.

So schwer dein Haupt, so klein der Raum
So schön ist's, wehrlos gut zu sein;
Du schläfst: Nun schwimmt auf deinem Traum
Mein waches Sinnen zu dir ein
Wie glockenzarter Glitzerschaum,
Der zitternd singt im Dämmerschein – – –

Aus der Nacht

In den Tag
Trag' ich sorglich, schwarzen Sammet drüber,
Meinen großgeaugten Traum herüber
Aus der Nacht.

Aus der Nacht
Führt mich nicht die altvermorschte Stiege;
Einst gleit' ich im Schaukeln gold'ner Wiege
In den Tag.

Es ist ein Lied

Es ist ein Lied, das nie gesungen ward.

Am toten Abend ruht's auf Mädchenlippen
Wie roter Blüte schwüler, süßer Duft. –
Doch eh' sie seiner Sehnsucht Wunsch empfunden,
Kommt jähe Nacht mit lauten Sternenmunden,
Mit monddurchklung'ner, schneeglanzheller Luft,
Und unerlöst zerrinnt's: ein Hauch, ein Seufzen.

Es ist ein Lied, das nie gesungen ward.

Es schläft in einsamem, verschloss'nem Glase,
Es ist erwacht im kühlen, blassen Wein,
Blüht schwebend auf dem unberührten Grunde.
Doch bald lacht Frohmut von des Trinkers Munde;
Da geht es scheu zum letzten Tropfen ein
Und wird hinweggeschüttet mit der Neige.

Es ist ein Lied, das nie gesungen ward.

Aus eines Weibes unbegehrtem Lieben
Quoll's, schwerer Schmuck, um Stirn und dunkles Haar,
Verschwelt' in bleicher Glut, die keiner küßte,
Und dachte, daß sie's einst erkennen müßte.
Sie ahnt' es nur. Ob das Erfüllung war,
Entsagung war, was sie vergessen machte?

Es ist ein Lied, das nie gesungen ward ....

FRÜHER ZYKLUS II

Gott erhalte

Erhalte Gott den Apfelbaum,
Früchte seiner Blüte!
Eines blieb Flaum,
And'res wird Schaum,
Doch überall Raum
Für Güte!
Eines war Traum,
And'res ist kaum,
Überall Raum
Für Güte!

Drum grüß' ich dich, du gutes Brot:
Sink' ein, wach' auf, werde!
Werde aus Kot!
Wehre der Not!
Stets nahm und bot
Noch Erde.
Hölle, die loht –
Mutter, die droht –
Mutter und Tod:
Erde!

Ihr reißt euch nicht von der Mutter los,
Stolze, stille Gesellen
Schmiegt euch mit Roggen und Reben im Schoß,
Nährt euch an Brüsten, die schwellen.
Schön, stark und groß
Streicht ihr durchs Moos,
Tiere mit feineren Fellen.
Und trinkt aus den singenden Quellen.

Nie euren Augen der grauliche Dust,
Schauenden, glitzernden, blanken!
Nie dies Du darfst und Du sollst und Du mußt,
Dran eure Brüder erkranken.
Äugt kaum bewußt,
Träumend die Lust,
Reckt ihr die sicheren Pranken.
Und euer sind keine Gedanken.

Erhalte Gott an Hang und Klamm,
Die euer Blicken beglänze,
Blume, Beere und braunen Schwamm,
Falters goldroter Tänze
Blühende Flamm',
Grünenden Stamm
Und euch auf dem Kamm
der Grenze.
Hier spritzt der Schlamm –
Hier sperrt der Damm –
Hoch übern Kamm
Springt die Grenze!

Der schöne Abend

Abend, beide Hände voller Glück,
Eile nicht so, bleibe, komm zurück!

Auf den Gassen kehrt der Feger Gold,
Denn ich schaue, wie es flirrt und rollt.

Sonne tanzt, ein roter Kinderball,
Denn ich fühle seinen Sprung und Fall.

O ihr Sterne aus dem finst'ren Haus,
Kommt, lacht diese tolle Sonne aus!

O du Luft, du Duft von Blumenwein,
Stürz' in meinen Becher dich hinein!

Die ihr euch in weißen Schleiern weht,
Bäume, o entwurzelt euch und geht!

Winde, die ihr weiße Tücher schwenkt,
Weist mir den, der eure Arme lenkt! –

Meine Seele saß am Schienenstrang.
Aus den Gleisen schütterte Gesang.

Schnellzug mit dem schnellen, wilden Tritt,
Hier bin ich, die Seele; nimm mich mit!

Weil dein Rauchgelock so weiß verschäumt,
Deine Flanke zitternd heiß sich bäumt.

Jag' ihn, deinen heißen Leib in Nacht,
Der dir roter Wünsche Funksaat facht.

Flamm' mit deinen Lichteraugen drein,
Wirf dich ganz ins warme Land hinein!

Röhre tief; mein Seelchen pfeift und zischt,
Hüpft am Schornsteinrand im Wirbelgischt.

Lautlos endlich übers dunkle Land
Geht ein stilles Antlitz, Fuß und Hand.

Meine Seele hebt sich hoch und bebt,
Da sie hauchbleich seine Wege schwebt.

Über einer grauen Mütze fern
Glitzert Abend noch, ein blühnder Stern,

Sinkt, die zarten Lider müd' von Glück,
Klein und golden in die Nacht zurück.

Die Männer

Diese Männer sind alle gleich. Wenn sie aus den Wäldern
steigen,
Haben sie sehende Augen und reden, während sie schweigen.

Einer hat die weiten, lebendigen Lippen des Hirsches, des
jungen Rindes
Witternde Nüstern, das trotzig unschuldige Auge des Kindes.

Mag sein, daß vor einer Frau jenes Auge sich jählings
verdunkelt und flackt;
Es züngelt und bohrt und zerrt ihre Kleider, und sie steht in
Scham, sie steht nackt.

Einer weiß dem bunten Frohsinn der Mittagswiesen sein
Lächeln zu paaren;
Abends und Waldes Kühle weht ihm von fahlen Händen
und Haaren.

Einer hat die Marder belauert, ihren lautlosen Schlich
gestohlen,
Aber den schwarzen, klugen, lebhaften Blick dem Raben
oder den Dohlen.

Manche haben die goldenen Augen der Schlangen und Kröten,
Stirnen von Bronze, die Blutflammen nicht einmal röten.

Blutflammen, die heimlich ungehetzt, ungehemmt steigend
und sinkend sich bäumen …
Andere tragen ein Fell auf der Brust: Weibern zum Ruhen
und Träumen.

Sie gehn von den Bergen in Städte mit durstigen Sinnen und
Munden;
Aber Zeitschriften, Motorrad, Lichtspielhäuser wurden für
sie nicht erfunden.

Doch sie zogen durch Rom, hatten Freunde im Ost, sind in
den Schwarzen Bergen gewesen,
Und so haben sie alles gehört und gesehen und garnichts
gelesen.

Denn sie können nicht lesen. Sie bergen mit dem Unwissen
stiller Tiere
Krallen des Sperbers, Schlagzähne des Wolfs und die Hörner
der Stiere.

Achtlos fanden sie wohl schon den seltsamen Baum mit
blauen gläsernen Blüten
Oder kleine silberne Kronen, die grünliche Nattern
behüten,

Wenn sie mit eisbleichem Mond, schwarzen Tannen
schneiende Nächte durchwandern:
Stund' um Stund' – Schritt um Schritt – alle gleich – und
ähnelt keiner dem andern.

Chronik

Ich liebe dich nicht. Nein, dich liebe ich nicht.
Ich liebte deinen Kameraden.
Das Haar stand ihm in silbrigen Kornes Schwaden,
Sein Lächeln – Erntesommers Licht.

Er hat feine, helle Hände. –
Deine Hände sind kantig, rauh und braun.
Kluge Augen, die ruhig mich schaun
Wie das vertraute Gelände.

Wir sahen uns, Mann und Weib.
Auf dem Hüttendach trommelte Regen;
Müde warst du, durchnäßt von Wegen
Ich wagte nur scheu dich zu streicheln: Bleib'.

Wir sprechen ein wenig zusammen,
Keines versteht des Anderen Wort.
Unsichtbar prasseln kleine Flammen,
Zucken auf, ducken sich ein, schwelen schwächer fort.

Du bist das starke, schöne Tier
Mit den glänzenden, freundlichen Blicken.
Von geistigen Geschicken
Weißt du nichts und weißt garnichts von mir.

Mein munt'res Kleid ist dein Vergnügen,
Mein Wuchs, dunkler Scheitel und hellerer Ton
Ich suche in mir einen kleinen Sohn
Mit deinen strengen, ebenen Zügen.

Eines Abends die stundenlange Sekunde
Stehst du, schaust fernhin, atmest schwer und stumm.

Gewehrschultern, Gehen. Ich weiß nicht, warum.
Die Flämmchen sterben am Grunde.
Einmal noch wendest du um,
Drückst meine Hand fest, sehr fest. Am Himmel strahlt eine
rote Wunde.

Ich liebe dich nicht. Nein, dich liebe ich nicht.
Meine Nächte träumen niemals von dir.
Zwichen Tagespflichten blickt still nach mir,
Braungolden, dein stolzes Zigeunergesicht.

Mein Wein. Mein Brot. Meine Luft. Mein Licht.

Trinklied

Stürz' das Leben in die ird'ne Schale:
Ist es dein,
Blitzt es auf im bräunlichen Pokale,
Schlürf' es ein!
Wie sich's eben
Dir will geben,
Wasser neben
Herbem Wein.

Wies's aus schmalem Spundloch zischend fließet,
Heb' und halt's,
Daß die Lippe stark und rein genießet
Most und Malz.
Kranker Mucker
Streut erst Zucker,
Armer Schlucker
Greift ins Salz.

Wermut: Her den Humpen, wirst ihn leeren.
Einen Zug!
Kräftig süßer Saft der Heidelbeeren:
Nie genug!
Duft der Lüste
Nackter Brüste
Spült die Küste
Deinem Krug.

Mit den Freunden fröhliches Gelage,
Derben Schmaus,
Saure Pflicht in grauverwölktem Tage,
Trink' sie aus.

Gierden fallen
Rot, Korallen,
In das Wallen
Blanken Taus.

Schwenk' den schalen Satz aus deinem Becher,
Trug und Schein.
Was du selber zapftest, ernster Zecher,
Und was dein,
Werk der Hände,
Kraft der Lende,
Dunkle Brände,
Das ist Wein!

Der Fels

Wenn düsterer, lastender Fels mit schwärzlichen
Wurzelfingern
Langsam sich grübe vom Grund, stampfte in steinernem
Schuh
Und zu schreiben begönne mit schwerem Schwanken und
Schlingern,
Er wäre wie du.

Auf seinen Lidern rastet noch Lichttau der Morgen,
Breiter wölbt sich die Brust, buschig, bronzebestaubt,
Wilde, wuchtige Vögel, im dunkelnden Tannhaar geborgen,
Fächeln sein Haupt.

Kennt er die brütenden Schlangen, die zur Seite ihm
schliefen,
Zuckend sich wälzen ins wuchernde Moos hinein?
Ahnt er sein dumpfes Glühn, seiner heimlichsten Tiefen
Glitzernd Gestein?

Lose, verflüchtende Wolken packt und zerreißt er mit
Klippen,
Immer ist doch die Stirn unberührt, ruhig und schön;
Schwer nur steigt Sprache auf zu den einsamen Lippen,
Ernstes Gedröhn.

So durch Jahrhunderte wandelt er, ohne zu wissen,
Über das zitternde Feld trägt er schweigsam den Schritt,
Achtet des Grasteppichs nicht und der blumigen Kissen,
Die er zertritt.

Manchmal steht er ganz still. Wenn in die Himmel, die grauen,
Furchtlos er blickt, der Sterne Reisen und Ruh'
Sinnend nachgeht mit weitem staunenden Schauen,
Ist er wie du.

Wintermorgen

Neig' dich wieder, neig' dich nieder,
Glühendes Gesicht!
Gern erwachen meine Glieder,
Meine Seele nicht.
Ihre Blicke, ihre Küsse
Herzen deinen Traum,
Fallen flimmernd, Silbernüsse,
Ihm vom Sternenbaum.

Sieh! Ich bin der dunkle Quader,
Der vor Schätzen birst;
Du – o meine gold'ne Ader,
Wenn du mich durchirrst!
Wird einst Wahrheit in mich steigen
Mit dem Bergmannslicht?
Woll' dich neigen, froh im Schweigen,
Glühendes Gesicht.

Immer muß ich dich betrachten,
Der mein Tagwerk führt!
Kann ich noch des Windes achten,
Der das Kleid mir rührt?
Schellenrasselnd naht ein Schlitten;
Fordert mich der Schwall?
Seine Fragen, seine Bitten
Finden keinen Hall.

Denn um mich ist Luft gewoben,
Luft aus Schneearom,
Flocken zittern nach von droben,
Weißer, warmer Strom.

Fremde Brunst und Kunst und Schlingen
Sinken hier ins Grab,
Wehn mit starren Schmetterlingen
Lautlos von mir ab.

Grauer Wolkenvogel, schütte
Schwebend weichen Flaum,
Deck' mir meine braune Hütte,
Meinen Tannensaum.
Schwelt doch blaß durch dein Gefieder
Ferner Sonne Licht ....
Neig' dich wieder, neig' dich nieder,
Glühendes Gesicht!

Frühlingslied

Ich strecke die Hand
Über Frühlingsland;
Mein Tüchlein winkt, wolkiger Streif,
Mein Arm, deines Sonnrots verschimmerndes Band –
So streck' ich die Hand
Über Frühlingsland,
Daß deine Rechte sie greif'.

Schon haben mein Haupt
Liebe Lüfte belaubt;
Mein Wälderhaar rieselt dir zu.
Ein hellgrünes Zweiglein am Hange geraubt ...
Schon haben mein Haupt
Liebe Lüfte belaubt,
Und es wiegt sich in bebender Ruh'.

Da flüstert dir wirr
Durch Käfergeschwirr
Ein Gruß, der dich lange verließ,
Ein Lächeln in blaßroter Kelche Geklirr ...
Nun grüß' ich dich irr
In Käfergeschwirr
Und der Bienen golddunkelem Vließ.

Ich heb' meinen Mund
Aus dem Frühlingsgrund,
Wenn immer dein Auge erwacht,
Und trittst du ihn nieder, der glänzend und wund,
In Frühlingsgrund
Meinen blühenden Mund,
Flammt er auf: als ein Stern deiner Nacht.

Herbsttraum

Schmutzig-bleiche Georginen betteln, Käfer sind
verklammt, Beete liegen brach.
Meine kalten, schweren Füße schleppen meinem kleinen
Kinde nach,

Das an einem Sommertag im fernen Bergeswalde kauert
unterm Tanngeäst
Und die schnelle Quelle, blanke Schlange über seine warmen
Händchen schlüpfen läßt.

Hier sind tückische, verderbte Pfuhle, faule Wasser, die es
niemals küssen darf,
Eine alte Nacht mit dünnem bläßlichen Geäder und mit
kargen Sternen, spitzig, scharf.

Hier ist noch Gestampf der Stadt, der Mühn und Lüste
Brodeln, Keuchen ew'ger Kämpfe zwischen Weib
und Mann,
Und da kniet's und schaut mit großen reinen Augen seine
klare Freude an.

Seine Lippen duften, feine rote Blätter; weiche Worte
wiegen sich wie Schmetterlinge drauf,
Und in ihrem Zauberhauche schlagen meines Herzens
winz'ge, goldgetrieb'ne Pfortenflügel auf.

Aus der schmalen Kammer, Samenregen, der im Herbste aus
des Mohns vermorschter Kapsel fällt,
Stürzen rieselnd tausend, abertausend klein're Herzen und
verfliegen in der Welt.

Surrend flittert eins im gold'nen Pelze durch das dichte
rötlichblaue Heidekraut,
Eins, verstoßen in dem kranken Hund mit stillen, wehen
Augen irrt nur nachts und jammert weinend, laut.

Manche glühen, Kohlenfunken in der Dampfbahn Kehle,
wenn sie brausend reist,
Manche werden Fisches Schuppenhemdchen, das in Naß
und Sonne gleißt.

Schwarze Hämmer schwingen *die* und klopfen eine Straße
ein,
Jene warten, stumm und zart, in schönen Büchern zwischen
festgedruckten Reih'n. –

Aber wenn mein Kind, mein liebes Kindlein seine Mutter
ganz vergißt tief unterm Tanngeäst,
Weil ein buschig Eichhorn, eine flinke Echse seine frischen
Blicke tanzen läßt,

Wenn es lacht, erzittern meine tausend Herzen; wenn's die
Hände öffnet, flattern sie ihm zu,
Spielen, Hauch, mit seinen seid'nen Haaren, flüstern ihm ins
Ohr und nennen's streichelnd Du.

Und sie winken, Blumen, seinem Haschen und sie nicken,
Gräser, seinem Tritt,
Und im freundlich immergleichen Bachesmurmeln rollen sie
als Silberküglein mit.

Ferne höre ich ihr singend Klingen, zucke auf, wenn hier
und da ein Tropfen klatschend stürzt
In die alte Nacht mit Stunden wie mit langer schmierig-
feuchter Schleppe, die mein Traum barmherzig kürzt.

Sieche Blumen sterben auf verfaulten Blätterlagern, Sonne
ward begraben unterm Sand,
Meine nebelnassen, eis'gen Hände greifen angstvoll nach des
Kindes warmer, sanfter Hand.

Und mein Herz ist noch die schmale Kammer, aber kahl und
kalt und arm, voll Not;
Auf der Schwelle liegt die kleine gold'ne Biene mit
gekrümmtem Leibe … tot.

Der Obstbaum

Bald wird es heißen:
Gebt mir die Axt!
Glieder, euch will ich reißen,
Wurzel, daß du knackst!
Ich bin der Baum
Und ich begehre das Beil;
Meine herbstlich braunen Äste
Lodern nackt und steil.

Weiße törichte Glocken:
Nur kling und klang und klang und kling;
Dunkle Rosen verlocken
Ins Blut den Schmetterling.
Gott schuf Dirnen in Glut
Und den kleinen kalten Stolz,
Schuf in Schleiern die Birke
Mit bleichem, kühlem Jungfernholz.

Die lächelten und klangen,
Gemalter Tulpenmund,
Die rot im Schoß empfangen,
Unkraut, prall und rund,
Dürfen dorren im Strahl,
Im Winde wehn.
Was seinem Wesen recht gelebt,
Wie fröhlich mag das vergehn!

An der Gartenmauer gezogen,
Regenbeweint …
Blüten sind ziellos verflogen,
Sonne hat mich verneint.

Ich bin der Obstbaum:
Ein Arm, der mich schlägt!
Wen freut der Pfirsich,
Der niemals Früchte trägt!

Fäulnis soll mich fressen,
Schnee am Scheitel blühn.
Lieber in prasselnden Essen
Splittern und glühn!
Ich bin der Obstbaum,
Und ich will meinen Tod,
Wenn noch die einzige Frucht verfällt,
Die in meiner Krone loht!

Mein Sohn

Ach, ich weiß schon, so wird's sein:
Brüste muß ich neigen ihm, ihn tränken,
Seinen kleinen Kittel bald verschenken;
Lange Locken werden abgeschnitten,
Und mit fröhlich unbedachten Tritten
Hüpft er in sein sechstes Jahr hinein.

Und ich weiß schon, so wird's sein:
Bücher packen, rasch zur Schule laufen.
Stifte schärfen. Geld! und Hefte kaufen.
Zahl und Nam' will seine Träume haben,
Lehrersprüche, Reden fremder Knaben
Dringen in mein liebstes Köpfchen ein.

Ach, ich weiß schon, er wird sein
Seines Vaters Kraft und meine Schwäche:
Hart und trotzig höhnt er, wenn ich spreche,
Schlägt mit Wissen mich, das nie ich lerne,
Und ich find' in seinem Augensterne
Täglich heller einen kalten Schein.

Und ich weiß schon, so wird's sein:
Nächte dürfen glühn, ihn züngelnd drängen,
Eine rote Pforte wird er sprengen,
Läßt mein Blut in seinen Adern blitzen – –
Aber ich will müd', vergeblich sitzen
Eines Abends und bin ganz allein. –

Am Strome

Wenn ich dich trage, werde ich schweigen,
Lächelnd auf glänzenden Ufern stehn,
Neidlose Blicke den Fernen neigen:
Wenn ich dich trage, werde ich schweigen,
Nur noch horchen und sehn.

Kann ich nicht reden, will ich doch singen:
An meines Herzens verlorenem Grund
Öffnet ein blitzender Vogel die Schwingen.
Kann ich nicht reden mehr, will ich doch singen,
Lied in Seele und Mund.

Meine Gedanken, nach grämlichem Rasten,
Schlammigen Kiels, in dem trägen Kanal,
Wimpeln gen Himmel mit fröhlichen Masten,
Füllen sich schwer mit den köstlichen Lasten,
Früchten, Steinen und Stahl.

Sonne badet die flimmernden Locken,
Glitzernder Wellchen leises Gelach,
Flügelnde Segel, schimmernde Flocken
Werden vom brünstigen Lechzen und Locken
Jungen Windes erst wach.

Segelsehnsucht – nun, Möwe im Weiten,
Laß' ich die schlagende Schwinge entwehn;
Kann ich die Arme doch wehrlos nur breiten,
Um in ein Nächstes, ein Kleinstes zu gleiten,
Nur noch danken, nicht flehn.

Wünsche, Erwartungen, Träume und Pläne:
Föhrengeflüster haucht betend empor.

Abend glimmt um verschwimmende Kähne,
Und noch zwei reine, liebende Schwäne
Ziehen langsam ins Rohr.

Meinem Kinde

O Sommervogel, mir ans Herz geflogen!
Du samt'ne Biene, meinem Stock gewöhnt!
O Sonnenblume, zu mir hergebogen,
Und Quellenstimme, meinem Fels enttönt:
Soviel Namen geb' ich dir,
Die an Blume, Ding und Tier
Mir ein graues Denken bunt verschönt.

Die Unke stört nicht Gottes Feierstunde,
Wenn sie mit feinen Glockenlauten weint;
So hat der Schrei aus deinem zarten Munde
Dem Weltgesange klingend sich vereint.
Marmel in der Englein Spiel,
Die der Himmelsbahn entfiel,
War dein Auge, das achaten scheint.

Und Sonne schlingt Gewirr von seid'nen Maschen,
Das ob der reinen Stirn dir leuchtend weh',
Die Strahlenfinger, die dein Händlein haschen,
Beschenken's mit dem Duft von Brot und Klee.
Flügel, die dir Arme sind,
Rühren mit gelindem Wind
Wellenglanz in einem Zaubersee.

Mein Kind. Tier. Seele. Kirschbaum über Grüften!
Du trägst die Knospe noch, trägst einst die Frucht:
O laßt sie reifen, Schnäbel in den Lüften,
Verschont die Wurzel, Nager in der Schlucht!
Spreite grüne Blätter, Ast,
Helles Schirmdach meiner Rast,
Kurzer Rast auf steter, stiller Flucht.

Ich schau' dein weißes Kleid. Das muß verderben:
Die Jahre tasten, und ihr Abdruck bleibt.
Du wirst erwachsen, und ich werde sterben
Und keine Hand mehr sein, die Flecken reibt.
Wahr' den Tropfen ungemischt,
Der des Zeichens Spur verwischt,
Das dir Welt in Haupt und Hände schreibt. –

O Morgentau! O Lichttrank, den ich sauge,
Da ich mich glühend dir herniederbück'!
Komm, liebes, kleines, ungeübtes Auge,
Komm, nimm dein Bild aus meinem Blick zurück.
Birg es in der tiefen Truh',
Und mein Lächeln leg' dazu,
Einer Mutter zitternd, schimmernd Glück.

Vergeh'! Geh', folg' der schmutzigen Laterne!
In ihrer Spiegelgosse laß dich sehn!
Dein Weg ist trübe; blank sind nur die Sterne,
Die, dir verwölkt, an fernem Himmel stehn.
Schließ' dich auf: im ärmsten Schrein
Muß ein gold'nes Lämpchen sein;
Zünde dir's, und du wirst sicher gehn.

Die kleinen Kinder

Die kleinen Kinder wissen nichts,
Eh' ihre Flügel sterben;
Sie freuen sich des Weltgesichts,
An dem sie doch verderben.
Noch sind sie Englein, rein und nackt,
Die üben hüpfend Tanz und Takt,
Daß sich die Wangen färben.

Und wo sie greifen, blüht der Grund,
Und ihres Plauderns Quelle
Springt immer frisch vom süßen Mund
Mit kleiner blauer Welle.
Der bunte Falter küßt ihr Haar
Und streift das liebe Augenpaar
Mit samt'ner Schwingen Helle.

Ein Vöglein irrt im Zauberkreis,
Das kann ihn nicht verlassen,
Und heben sie die Hände leis,
So müssen sie es fassen,
So herrlich golden grün und rot:
Es pickt von ihrem Weizenbrot,
Es nippt aus ihren Tassen.

Und was die kleine Kehle schwellt,
Das sinkt als Aussaat nieder,
Und wo ein Blumensame fällt,
Da sprießen neue Lieder.
Da grüßt der Turm, da wogt der Wald,
Da wächst ein buntes Märchen bald
Und duftet mit dem Flieder.

Vergeßt ihn nicht, den Vogelschlag
In eures Herzens Pochen!
Ein Blick wird Stund', und Stund' wird Tag,
Und Tage werden Wochen.
Die große Sanduhr rinnt und rinnt,
Und wenn das Leben ihr gewinnt,
Hält's, was der Traum versprochen?

O ja, es hält, es hält viel mehr;
Ihr müßt euch nur besinnen,
Dann weht's in einer Mainacht her
Und atmet singend drinnen:
Ein Feuerfink, ein Quellengeist,
Der Wolken tränkt, der Wiesen speist
Mit eurer Tränen Rinnen ...

Für dich

In dem schimmernden Blutweintropfen, mein Sohn,
Den dein schwankender Kelch verstößt;
Meine Tochter, in einem seidenen Band,
Das an deiner Hüfte sich löst;
Auf altem staubigen Bücherbrett,
In dem schweren, knarrenden Spind:
In allen Dingen bin ich
Für dich,
Mein liebes Kind.

Denn ich bin lange hinweggeeilt,
Rost'ge Blätter umrasseln mein Grab;
In meinem Schoße wirft Leben die Maus,
Und der Regenwurm wühlt sich hinab.
Ich schwänzle nachts mit den Mäusen im Busch,
Ich wirble, Laub, durch den Wind:
In allen Wesen bin ich
Für dich,
Mein liebes Kind.

Pack' deine Gedanken, schreib' sie, Sohn –
Ich bin ja die Feder, die springt!
Tochter, treib' deinen Frohsinn zum Tanz –
Ich bin die Geige, die singt!
Ich wache und bell' an der Kette im Hof
Und werde räudig und blind:
In deinen Dienern bin ich
Für dich,
Mein liebes Kind.

Du setzest kein Glück in dein Herz, dein Haus,
Ich kleid' es in Güte und Duft,

Und Hügel, die hungernd dein Elend durchscharrt,
Sind immerdar meine Gruft.
Ich glühe mit fremdem bittenden Mund,
Bis deine Lippe ich find':
In allem Leben bin ich
Für dich,
Mein liebes Kind.

Brich deinen Käfig, Adler, mein Sohn,
Zerschelle mich gläserne Wand! –
Die dich geliebkost, greift und zerreißt,
Die dich in Jammer gebären heißt,
Tochter! mein ist die Hand.
Einst irr' ich in trauriger Lichter Glast,
Die noch über Sümpfen sind:
Und sinkst du, verlösche ich
Durch dich,
Mein liebes Kind.

In des Brunnens Grunde

In des Brunnens Grunde ist es kühl,
Tanzt kein Sonnenstrahl und singt kein Wind;
Eimer hangen hoch wie Glocken im Gestühl:
In des Brunnens Grunde hockt mein Kind.

Seine Wangen macht kein Lächeln hell,
Süßes Lallen tönend seinen Mund;
Schwarze Kröte wird sein lieber Spielgesell,
Und die schnelle Assel wird sein Hund.

Schritte steigen auf am Stufenrand,
Augen stürzen funkelnd sich hinab;
In der Schürze berg' ich scheu die arme Hand,
Meine Lippen wend' ich lautlos ab.

Denn die Lippe schweigt und blüht und spricht,
Und die Hand zerquält sich am Gewind,
Reißt an harten Strängen und bewegt sie nicht –
In des Brunnens Tiefe friert das Kind.

»Lieben will ich nicht so schatt'ge Brau'n
Und den Adlerschrei im stillsten Wort,
Nicht dem festen Stolz des Leibes will ich traun …«
Bettlerpfenn'ge klirr'n. – – Er wandert fort.

Fledermäuse treiben geisternd um,
Leichter Nebel türmt den weißen Bau.
Meine Seele ist voll Grauen öd' und stumm
Und mein Haupt in Abendschatten grau …

In des Brunnens Grunde ist es kühl,
Starrt nur Finsternis, und Licht ist blind;
Eimer hangen hoch wie Glocken im Gestühl:
In des Brunnens Tiefe schläft mein Kind. –

Die Lieder von gestern

Die Lieder von gestern,
Entlodert im Blut,
Verschwiegene Schwestern
Von Flamme und Flut,
Sie wurden im roten,
Im herzfrischen Strahl,
Sie trieben in Booten
Auf flüss'gem Opal.
Sie wurden im Roten,
Sie tanzten auf Booten,
Entdampften den Schloten
Verwirbelnd und fahl.

Die Lieder von gestern
Entfliehen geschwind
Aus zwitschernden Nestern
In Wolke und Wind
Mit Schreien der Schwäne,
Mit heftigem Hauch,
Mit tauiger Träne
Vom duftenden Strauch.
Mit Schreien der Schwäne,
Mit lächelnder Träne,
Mit stiebender Mähne
Aus Funken und Rauch.

Die klingenden Gläser,
Die fangen sie auf,
Das Singen der Gräser
Verwirrt ihren Lauf,
Das Schwellen und Reifen
Errötender Frucht,

Das Gellen und Pfeifen
In Bahnhof und Bucht.
Das Schwellen und Reifen,
Das Gellen und Pfeifen –
Ein goldiger Streifen
Verfolgt ihre Flucht.

Sie säumen, wo Blüte
Der Linden sich streut,
Wo Stille, wo Güte
Den Becher uns beut,
Kristallene Schale
Die Ehre erhebt,
Auf blauer Sandale
Uns Freude entschwebt.
Kristallene Schale!
Du flücht'ge Sandale!
Sie eilen zum Mahle
Mit allem, was lebt.

Im Schatten der Liebe,
Wie sind sie daheim!
Am wachsenden Triebe
Erfüllt sich ihr Reim,
Im Käfer, das Glimmen
Ihm selbst nicht bewußt,
In zirpenden Stimmen
Befiederter Brust.
In Glühwurms Entglimmen,
Beglückteren Stimmen,
In Immen, die schwimmen
In summender Lust.

O hütet ihn lange,
Den heiligsten Baum,
Der Amsel und Schlange
Gewährt ihren Traum,
Und rühret mit Singen
Die dunkelnde Brau',
Das zitternde Ringen
Vergessener Frau!
O lasset sie singen!
Ihr Schluchzen, ihr Ringen
Werft, purpurne Schwingen,
Erlösend ins Blau!

FRÜHER ZYKLUS III

I.

Wärmt uns Denken warmer Sonne,
Wenn die Sonne wich?
Freut uns Weinen um die Wonne,
Die in Alltag schlich?
Selbst in trübster Regentonne
Sammeln Tropfen sich,
Doch wer fing den Strahl der Sonne,
Die im Frost verblich?

Du mein grauer Falk der Berge,
Fandest du mich noch,
Da ich, winzigklein wie Zwerge,
Aus dem Tale kroch?
Warst du Räuber? Warst du Scherge?
Sieh', mir bangte doch –
O, der harsche Hauch der Berge,
Der nach Rispen roch!

Lieber, hieltst in nackten Händen
Du nicht roten Wein,
Fröhlich, ihn mir ganz zu spenden,
Und ich sagte nein?
Durfte Sitte dir entwenden
Dieses: »Du bist mein«?
Einst muß alle Sitte enden
Und ich elend sein.

Wirst die Schale leer du schwenken,
Weil nur ich nicht trank?
Andern wirst du lächelnd schenken
Heiter, hell und blank.

Wer das Leben konnte kränken,
Ford're keinen Dank
Als: in Nacht des Lichts zu denken,
Das ihm ewig sank.

II.

Den Himmel hinter unserm Haus
Verhängt das lock'ge Laub der Birken,
Die grau Gemäuer mit dem Strauß
Von feinstem Filigran durchwirken.
Die Wolke baut den finst'ren Turm,
Den licht und linde sie umfächeln:
So wehte einst durch Regensturm
Dein sich'res, stilles, liebes Lächeln.

Die Luft war schwer vom Erntetag,
Verschlief sich träge in den Föhren;
Kaum mocht' der Krähe Schwingenschlag
Den breiten Felderfrieden stören.
Rings Gras und Garben, sanft durchsonnt:
Die weichen, schlaffen Farben glichen
Dem Haar, das slavisch falbes Blond
In zuviel Sommerglut geblichen.

Am Weiher quoll die Lache noch,
Drin trübe Wasser faul verschlammen;
Die Sonne küßte warm das Loch
Und Teich und Entenvolk zusammen.
So stand dein Wort, dein steter Mut
Gleichgültig hell ob Gut und Schlechtem,
Vergoldend, wie's die Sonne tut
Mit Ungerechtem und Gerechtem.

III.

Dein grünes Amtsgemach

Spät pocht' ich an dein grünes Amtsgemach.
Da schreinte Meister Specht ein neues Fach:

»Befugte ohne Klopfen hier herein.«
Ich schien befugt mir, also trat ich ein.

Ein kleiner Wind fuhr pustend hin und her
Und räumte die bepackten Tische leer,

Trug das vergilbte Blatt an seinen Ort
Und fegte aus den Winkeln hier und dort

Den feinen Streusand, der verschüttet lag.
Man sah's: Heut' war ein schwerer Arbeitstag.

Noch stand die Sonne glühend überm Pult
Und schaffte fort in heller Ungeduld,

Zerriß die großen grauen Zettel rings
Und warf die Fetzen bunt nach rechts und links.

Sie hörte kaum mein Grüßen, als ich kam,
Doch meine Bitte hörte sie und nahm

Die gold'ne Feder hinterm Ohr heraus
Und stellte mir den »kleinen Grenzschein« aus.

»Ein Paßbild?« fragte sie. Ich hatt' es nicht.
Drauf schrieb sie mir den Ausweis ins Gesicht.

Ich war's zufrieden, ich bedankte mich
Und ging davon. Am Tore traf ich dich.

Die rasche Hand, von Waldbeertinte blau,
Ergriff den Schein. Du prüftest ihn genau.

– Die Augen: goldbraun wie ein süßer Wein.
Der Mund: sehr rot. Besond'res Merkmal: nein.

Das Alter: Darf noch schaun, wie Liebe tut.
Der Reise Anlaß: Freude. – »Es ist gut.«

IV.

Abends, vorm bestirnten Feste,
Nach verglühter Mittagsruh'
Wandeln wohl des Tales Gäste
Meinem Bergwaldnestchen zu.
Eltern, Kinder, Liebespärchen
Füllen mir die Hütte bald,
Tauschen flüsternd bunte Märchen
Von den Wächtern und dem Wald.

»Drüben am gekerbten Steine
Liegt schon feindlich Machtgebiet;
Ungern geh' ich hier alleine,
Wo so nah' die Grenze zieht,
Hört' ich doch, daß der sich segnet,
Der, auf jenen Weg verirrt,
Fremdem Grenzer jäh begegnet
Und nicht gleich erschossen wird.«

»Nein, das ist kein Menschenfresser –
Rollend Aug' und strupp'ger Bart –
Doch Erpresser, nicht viel besser
Als die rechte Räuberart,
Die, dem Geier gleich der Steppen,
Stille Wandrer überfällt,
Sie in Wildnis zu verschleppen,
Und dann heißt es: Lösegeld!«

»Dort den Tannensaum herunter
Steigt sein Pirschgang – noch ist's still –
Doch ich wehr' ihm, keck und munter,
Wenn er mich vertreiben will,
Hier ins Häuschen ungebeten

Einzukehren sich erfrecht;
Unsern Boden nur zu treten,
Ist's sein Amt und das sein Recht?«

Sieh! Gewehr und graues Röckchen –
Alles harrt und späht und staunt,
Schnitzt sein Messer sich ein Stöckchen,
Blickt es bange rings und raunt,
Ja, befragt auch mich, erschreckend,
Ob denn wirklich die Gefahr,
Und ein Lächeln schnell versteckend,
Sag' ich sacht: »Es ist nicht wahr.« –

Ach, wie mag die Lippe lügen,
Sich das Ohr am Scherz erbaun,
Mag mein Auge mit Vergnügen
Dies verzagte Treiben schaun,
Spott' ich doch der bunten Sagen,
Die ein fürchtig Seelchen liebt,
Nur, den Argen anzuklagen,
Der den Fabeln Wahrheit gibt.

Seine Bank stand warm und trocken,
Und der Wind war feucht und kalt,
Seine Stimme – schmeichelnd Locken
In die Berge, in den Wald.
Und er hat mir so gefallen –
Du mein Graufalk, frei und schlicht,
Deine beutesich'ren Krallen
Sah ich im Gefieder nicht!

Zuckend scharfem Fang entrissen,
Irr' ich scheu, ein krankes Tier,
Und sie kramen neues Wissen,

Aber keines weiß von mir,
Hört es, daß den Grenzpfad nieder,
Der das fremde Reich beginnt,
Immer wieder, immer wieder,
Heiß und rot, mein Herzblut rinnt!

V.

So willst du schon verlöschen, zarte Flamme,
Willst mir verbleichen, mein geliebtes Bild,
Da aus dem Rahmenholz vom Tannenstamme
Noch immer leis ein herber Harzduft quillt?
Kann auch ein dunkles Herz dich nicht verstecken
Vorm gier'gen Strahl des Tages, der dich frißt,
Nicht seiner Liebe Seidenvorhang decken,
Was köstlich ihm und unersetzlich ist?

Das Haar wie Fell von kleinen, wilden Tieren,
Nie durft' ich's streicheln – soll ich's nicht mehr sehn?
Das kühne, rote Angesicht verlieren,
Drin scharf am Mund zwei Falten Wache stehn?
Den braunen Stutzen, den die Schmuggler hassen,
Den fahlen Rock, die Schritte, fest und still,
Soll mein Erinnern sich entfernen lassen
Und nicht mehr rufen können, wann es will?

Ja, muß ich Wuchs und Zug und Art vergessen,
Die Herzenshöflichkeit, die erblich ist
Und die erwirbt, nur wer sie längst besessen,
Die Freud' am Frohen, die du selber bist,
Die im Genusse fortflammt, nicht sich mindert
Und die ein Tanz, ein Ton, ein Nichts entzückt? –
Kein glatter Ring, der deinen Finger hindert,
Wenn er am Berg die reife Beere pflückt. –

Ich treibe fort, und nichts, mich festzuklammern:
Gedanken über mir wie Möwenschwarm.
Ich darbe; denn das Brot in meinen Kammern
Verzehrt die Zeit und macht mich bettelarm.
Kein Buch, kein Brief, kein Blättchen, das ich hege,

Ich brachte nichts zum Angedenken mit
Als jenen blutbetupften Stein vom Wege,
Dem schmal gewund'nen, den mit dir ich schritt.

Gebärde, Blick und Spruch – o Sonnenstrahlen,
Die vielen glänzten, die auch mir geglänzt,
Verzittert ihr, kann keine Kunst euch malen:
Grenzlos das Sehnen, doch das Sein begrenzt.
Was ihr in mir erweckt, war starre Erde,
Draus jetzt mein Lied wie frisches Keimen bricht –
O Wort, o Blick, o freundliche Gebärde,
Euch wahr' mir Gott! Ich selbst vermag es nicht.

VI.

Sprich: »Prag«, und so ist Prag, das nie ich schaute,
Ein Goldreif, um der Moldau Arm gespannt.
Sag': »Wien«, und Wien klingt, eine Wunderlaute,
Die alles Süße, Liebliche uns bannt.
Sprich von Neapel; wer Neapel baute,
Hat seinen Herd mit Gottes Glanz entflammt.
Sag': »Blauer Himmel«, und mein Himmel blaute,
Ein Dach von gentianendunklem Samt.

So viele, die ob uns're Sprache wachen,
Daß auch in eurem Krug sie rein und hell,
So viele, die ob eurer Sprache lachen
Als Holzschuhschlurfen, rohem Hundsgebell.
Sprich meine Sprache: und ich hör' das Krachen
Des Schnitzwerks im durchsonnten Frauenraum.
Sprich deine Sprache: und ich schau' den Drachen
Am wilden, fremden, tausendjähr'gen Baum.

Du nanntest Pflicht, und gleich darunter klebte
Ein Bronzestock das Siegel, schwer und hart.
Du kanntest Scherz, und alles Frohe lebte
In deiner Hand, ein Vogel, flaumigzart.
Und sahst du Trübes flüchtig an, es strebte,
Dir's recht zu tun und wurde guter Ding';
Du liebtest Nichtiges – ein Spinnlein webte
Sein Taunetz, das den Morgenschimmer fing.

VII.

Allegretto

Das eig'ne Gehn verdrießt den Fuß,
Das auf den Fliesen klappert,
Es widert ihn wie läss'ger Gruß,
Verworren hingeplappert,
Seitdem er weiß, wie leicht und weich
Sich's schritt durch Moos und Kraut,
Als er im grünen Amtsbereich
Sich deiner Spur vertraut.

Das eig'ne Wort mißfällt dem Mund,
Der grob und achtlos redet,
Ihm wird sein Schwatzen Feindesbund,
Der scheltend ihn befehdet,
Seitdem ein fremdes Lippenpaar
Um seine Sprache stritt,
Doch alle Sätze scharf und klar
Wie Scherenbilder schnitt.

Das eig'ne Sehn betrübt den Blick,
Den jenes ungerührte,
Verschrumpfte Weib, das Mißgeschick,
Zu düst'rem Schauspiel führte.
Und dennoch dünkt ihm unentstellt
Das Werk aus Gottes Hand,
Seitdem so schön, so froh die Welt
Mit deinem Aug' er fand!

VIII.

Der Fink

Der Fink, dem Körnlein munden,
Der zwitschernd schwirrt und pickt,
Die Früchte, die sich runden,
Der Feldsaum, bunt bestickt,
Libelle, die da schillert
In grüner Bronze Zier,
Das glüht und blüht und trillert,
Und keines fragt nach mir.

Erquicklich ist die Welle,
Doch fremd ihr uns're Lust;
Es spiegelt uns die helle
Und tilgt uns unbewußt.
So prunkt der junge Morgen
Mit goldenroter Tracht
Und lächelt, ohne Sorgen,
Ob uns er lächeln macht.

»O seht, daß keiner darbe,
Wie Gott uns Gnad' erzeigt!«
Nicht uns gab Gott die Garbe,
Die heil'ger Last sich neigt.
Sie ward, weil Sonn' und Regen
Zu werden ihr gebot;
Sie wirkte nichts als Segen
Und wußte nichts vom Brot.

Bei Lied und Licht und Labe,
Da hab' ich des gedacht,
Der kunstlos mir zur Gabe
Sein Körbchen Glück gebracht,
Der schied, als ich ihn scheute,
Der schwieg, als ich bereut,
Und all mein Leben freute,
Als er sich selbst gefreut.

IX.

Prätorianer

Die Sonne kochte. Staubig, steil der Weg.
Doch sah ich dich von weitem schon. Du saßest
An jenem Hang auf hohem Wiesenrande,
Zwei unbekannte Männer neben dir,
Die emsig fabelten von Geld und Welt.
Du, in der Mitte, ducktest tief dich nieder,
Daß über deinen Rücken hin sie sich
Ereifern möchten, rupftest von den Rispen
Um deine Füße, und du sprachst mit mir.
Ein kleines Wort, ein Lächeln, eins ums and're.

Der rechte Nachbar stieß dich ins Genick.
»Das frag' ich euch, wie nennt ihr euer Böhmen?
Wohl lang noch Republik? Ein Königreich,
Das seinen König will! Und der wird kommen,
Vielleicht ein Wenzel wie in alter Zeit ...
Je nun, der Name tut's nicht. Euren Staat,
Die Legionäre haben ihn errichtet,
Und somit ist er ein Soldatenlehn
Wie's spät're Rom, und ihr seid Prätorianer – «

Da unterbrachst du, schütteltest die Rede
Wie lästiges Gesumm von Haar und Nacken
Mit einem halb verächtlichen: »Ach, geh'!«
Von deinem dichten Haar und strichst es glatt
Und wiesest, rückwärts langend mit der Hand,
Mir den Propheten: »Der liest Zeitungen!«
Als meintest du: »Ich lese niemals welche.«
Du hobst die Stirn und spähtest scharf zum Grund.
»Drei schwarze Röcke klettern aus dem Kessel.

Sind Fremde, scheint's. Das muß mir Zoll bezahlen,
Wenn's hier heraus und dort hinein spaziert.
Was fordr' ich? Dreißig Kronen auf den Kopf.
Sie werden's bringen, und es wird genügen.«

X.

Ergraute Wächter, die am Wege wohnen,
Umziehn mich mürrisch stumm die Markensteine,
Gediente Grenzsoldaten nach dem Scheine
Der alten Tracht und Zier von Kreuz und Kronen.

Das Neue kam und konnte sie nicht schonen.
Ihr Häuflein hielt sich lange brav im Haine,
Wich, schwer bedrängt, bergab erst bis zum Raine,
Als hartes Trutzen nicht mehr mochte lohnen.

Auf fremdem Posten blieben sie die gleichen,
Bärbeißig, schweigsam wie in früh'ren Tagen,
Doch jeden Scheitel schmückt ein schart'ges Zeichen.

Und mich durchlief ein seltsam: Durft' ich's wagen?
Da ich mit dieser Hand, der atmend weichen,
Das Mal bestrich, dem toten Stein geschlagen.

XI.

Ich kehre müde heim in später Stunde.
Die Straßen schimmerlos, verwölkt die Sterne,
Das Nächste weit, gespenstisch nah die Ferne
Und schreckhaft gellend das Gebell der Hunde.

Es sitzt ein Haus geduckt am Himmelsgrunde
Im tiefen Bläulichgrau gleich schwarzem Kerne;
Ein gold'nes Fenster bei sich als Laterne,
Durchspäht's die nächtlich engbegrenzte Runde.

Rings Niemandsland an namenlosen Wegen.
So denk' ich denn, daß Deinem Dorf entgegen
Mit meinem Schuh das liebste Mädchen schreitet,

Daß heut' die Pascher du beschleichen müßtest
Und, wie du droben dich zum Gange rüstest,
Dein Licht mich schaut, mir zustrebt und mich leitet.

XII.

Die Tannenkette reißt. Ein Strom von Licht,
Von lichtem Grün; ich juble in die Pracht.
Dann seh' ich dich. Nimmst du's nicht auch in acht?
Du wendest still dich fort: »Der Wald ist Pflicht.«

Ich plaud're hin mit munt'rer Zuversicht:
»Wie zög' ich freudig hier auf dunkle Wacht!«
Du lächelst leise: »In Novembernacht
Mit scharfem Sturm und Schnee? Ich glaub' es nicht.«

Du hörst mein Wort und denkst: »Ein Mädchen spricht's.«
Du blickst mir zu voll Nachsicht, freundlich fest
Wie einem Kind und läßt dein Antlitz strahlen.

Du weißt von uns'rer Scheinromantik nichts,
Die uns am Tage des Gerichts verläßt,
Und nichts von goldgetünchten Idealen.

XIII.

Glockenspiel

Gold'ne Stunde! Gold'ne Stunde!
Mußt du schwellen, mußt du fließen,
Droben schäumend, still im Grunde,
Hoffnung noch und schon Genießen?
Gold'ne Stunde! Kurze Stunde!
Nicht Erfüllung, kein Entsagen,
Lindes Scherzen, heit're Kunde,
Innig freundliches Behagen!
Gold'ne Stunde! Reiche Stunde!
Waldesduftend, schnell vergangen,
Wie im frischen Blumenbunde
Welk die blauen Glöckchen hangen –
Blaue Stunde! Liebe Stunde!
Nichts gehalten, viel versprochen;
Kaum berührt, an durst'gem Munde
Ward dein Kelch mir jäh zerbrochen:
Blaue Stunde! Gold'ne Stunde!
Kannst du zweimal nie begegnen?
Süße Labe, bitt're Wunde,
Laß dich lieben, laß dich segnen,
Gold'ne Stunde! Gold'ne Stunde ...!

XIV.

Dieses ist vergangen,
And'res ist dahin,
Zagendes Verlangen,
Kummerfroher Sinn,
Nächtlich leises Rufen,
Weinendes Gebet,
Knie'n auf kalten Stufen,
Das umsonst gefleht.

Wie wenn Leben wittert,
Daß nach ihm ich greif',
Fließt es fort, verzittert
Wie ein Lichterstreif;
Nur durchwachte Träume,
Qualen, scheu und schwer,
Stiegen, finst're Bäume,
Wuchtend um mich her.

Axt und Stamm zerspellte
Blanker Beile Schlag;
Meine Schmerzen fällte
Scheidend jeder Tag,
Bis ich buntes Wimmeln
Jäh mir nahe fand,
Unter nackten Himmeln
Fremd und schutzlos stand.

Hingestürzt die Leiden,
Meine Blicke frei –
Kann dem Einst ich neiden
Den Verzweiflungsschrei?

Scheint mir unnütz Wähnen,
Wie mir Sonne scheint?
Wein' ich hier um Tränen,
Die ich dort geweint?

Ach, die herbste Stunde
Schlägt gleich schnellem Schwert,
Trifft mit tiefer Wunde,
Deren Narbe ehrt;
Hat sich, nimmer weichend,
Stumpfheit mir gesellt,
Wirkt ein Gift, das schleichend
Ruhmlos mich entstellt. –

Eines ist gegangen,
And'res ist verdorrt.
Kehre, heißes Bangen,
Herzgefühltes Wort,
Kranker Schwingen Spreiten,
Sehnsucht ohne Macht,
Schluchzend Armebreiten
In die leere Nacht!

Trübsal, die nicht trauert!
Wehmut, die nicht wahr!
Und der Morgen lauert,
Der ein hell'res Haar,
Das von totem Lieben,
Meinem armen Kind,
Einzig mir verblieben,
Hinwirft in den Wind.

XV.

Die Mörd'rin Nacht hockt lauernd unterm Bett.
Ich schlafe nicht. Nun wachst du weit entfernt,
Und niemals hab' ich deinen Laut gelernt,
Dein Lied. Nur eines.

Daß ich dem Herzen sänge, wenn ich's müd'
Mit Armen schütze wie mein krankes Kind,
In dessen Träumen rote Augen sind
Voll grausen Scheines.

Sein Fieberblick gleißt heiß und fremd mich an.
Es lächelt irre, streichelt Haar und Haupt
Mit meiner Hand beseligt mir und glaubt,
Es wäre deines.

XVI.

Du bist nur, was sie sind,
Du hast nur ihre Habe;
Dir flüstert nicht der Rabe,
Dir redet nicht der Wind.

Du weilst in ihrem Stand,
Trägst Werke, die sie tragen –
Der Becher wird zerschlagen,
Das Wasser saugt der Sand.

Kein Gott hat dir geglüht
Und mit geheimen Kräften,
Mit tiefsten Lebens Säften
Die Stirne dir besprüht.

Du führtest mich den Pfad,
Den and're auch gegangen,
Da sind nicht Zauberschlangen,
Nicht Greife uns genaht.

Kein Bergkristall, darin
Sich Strahlen farbig brachen,
War, was wir wandernd sprachen,
Die Worte und der Sinn.

Doch spielt' dein Lächeln fast
Mir zu wie feine Flöte,
Doch glomm am Moos die Kröte
Mit märchendüst'rem Glast.

Nicht du hast mich bekränzt,
Die Hände mir gefaltet:
Der Spaten schlägt und spaltet,
Die wunde Scholle glänzt.

Der Same sinkt und gibt
Ein Blumenherz der Erde,
Daß alles Wunder werde
Der Liebe, die dich liebt.

XVII.

Dein Kamerad

Dein Kamerad ist zierlicher als du,
Geschmeidiger, wohl kleiner, sicher bräuner,
Und wirr wie Wildgras wächst ihm Brau' und Wimper;
Das deckt, wenn müd', den strolchenden Zigeuner,
Den heißen Teufel seines Auges zu.

Sein kurzes Bärtchen kohlschwarz wie sein Haar,
Die Nase fein und klein: ein Südfranzose,
Ein korsischer Bandit, in dessen Flinte
Der Männer Tod hockt. Rock und Hemd wehn lose,
Und Weibern bringt die nackte Brust Gefahr.

Denn die ist bronzen, breit und prachtvoll; mich
Verstört sein Panterschlich, das Koboldblitzen
Der Räuberaugen, die geduckt in Wimpern
So seltsam nahe beieinander sitzen.
Dein Kamerad ist schön. Dich liebe ich.

XVIII.

Es war ein stolzer Mann,
Ein König meinem Reich;
Ich schau' dein Antlitz an
Und form' es seinem gleich:
Dasselbe schlichte Haar,
Die Falte zuckt am Mund,
Ein fahles Augenpaar
In tiefer Höhlen Rund.

Ich lege Bild zu Bild,
Halb schlummernd, deins und seins,
Der Nachtwind packt sie wild
Und wirbelt sie in eins.
Es rundet sich der Kreis,
Schließt so der Ring sich zu,
Daß kaum mein Sinnen weiß,
Wo *er* beginnt, wo du.

Er war wie unterm Schnee
Erdrückter Föhrenast;
Ich trug beglückt sein Weh
Als eine liebste Last.
Du, der du strahlen mußt,
Weil sonnenklar dein Herz,
Bist selbst wie hellste Lust
Und bist mein tiefster Schmerz.

XIX.

Was ich schrieb, erwuchs zum Baume,
Dem ein Wurm die Wurzel fraß,
Was ich las, verfiel dem Traume,
Den der nächste Tag vergaß,
Was ich heiß gedacht, verkühlte,
Welle, die vor Wellen trieb,
Was ich warm und liebend fühlte,
Losch und lohte, starb und blieb.

Tausendmal verscharrt, zerstochen,
Traurig knisternd, träg' und leis',
Tausendmal dem Schutt entkrochen
Auf dem letzten dürren Reis,
Tausendmal als schmächt'ge Lohe
Hüpfend aus dem Aschenhauf,
Flog die Glut, die tanzendfrohe,
Breit entfaltet, siegend auf.

Saß ich vor dem Tagebuche,
Das zu schaffen Gott befahl,
Draus ein Schurk, den ich verfluche,
Stümmelnd Blatt um Blatt mir stahl,
Schlich ich weinend in mich nieder,
Sah ich's jäh wie Frühlichtschein,
Schrieb ein gold'nes Lächeln wieder
Die geraubten Seiten ein.

Wenn sein altes Glühn der Hasser
Grausam tränkt mit eis'gem Guß,
Neue Liebe ist kein Wasser,
Daß ihr Einst sie morden muß.

Flamme, stärkt sie flackernd Beben
Wie ein Kind sein Mütterlein,
Schenkt der Schwachen lodernd Leben,
Speist sie, stützt sie, hüllt sie ein.

Hing das Fünkchen müd' im Zunder,
Blaßt' dies Bild, das deinem glich,
Wirktest du ein liebes Wunder,
Und es wurde neu durch dich,
Und aus allen Todesfluten,
Über alle Schuttgefahr
Winkten sel'ge Zwillingsgluten
Ihrem gleichen blonden Haar!

XX.

Mädchen sind und Blumen gleich im Liede,
Junge Männer, junge Adler eins.
Augen sind und Sterne gleich im Liede,
Harte Worte, scharfe Speere eins.

Frauenlachen hüpft wie Quell im Liede,
Mannes Finsternis und Fels sind eins.
Seligkeit glänzt morgengleich im Liede,
Stumpfer Jammer, dumpfe Nacht sind eins.

Schlanker Falke scheint er, den ich liebe,
Grau Gefieder und sein Kleid sind eins.
Blasser Himmel dünkt sein Blick der Liebe,
Stille Sonne und sein Lächeln, eins.

Loses, weiches Haar wächst, mir zur Liebe,
Haar und silbrig Felderwehn sind eins,
Doch die liebe Stimme, die ich liebe,
Ist sein eigen: ihr vergleicht sich keins.

XXI.

Ihre Tische deckte
Graulich weißes Tuch;
Als es ihnen schmeckte,
Luden sie Besuch,
Schmeichelten und baten,
Drängten sich zu mir
Mit verdorb'nem Braten,
Schalgestandnem Bier.

Zuckersüße Worte
Reichten sie genug;
Schnitt ich staub'ge Torte,
Griff ich brüch'gen Krug,
Gab den Mund ich leise,
Augen tränenblank,
Lobten sie die Speise,
Schlürften sie den Trank.

In beschmutzter Schale
Schwamm ein Rosenblatt –
Satt vom garst'gen Mahle,
Schon vom Ekel satt,
Würzt' ich, müd' und feige,
Laugeword'nen Schmaus,
Und wie läst'ge Neige
Goß der Wirt mich aus. –

Fröhlich grüne Sessel,
Hab' ich euch verschmäht,
Feste, schlichte Kessel,
Schmucklos Eßgerät,

Steingut, Holz und Eisen,
Aber ganz und rein,
Einfach gute Speisen,
Kühlen, jungen Wein?

Ferne blieb dem Gaste
Streichelwort und Witz;
Hand, die herzlich faßte,
Führte ihn zum Sitz,
Füllte und kredenzte
Ihm ihr klares Glas,
Und sein Antlitz glänzte:
Sag', gefällt dir das? –

Wollt ihr's nicht bekennen,
Lippen, spöttisch stolz?
Werdet schamlos brennen,
Wenn der Hochmut schmolz,
Werdet qualvoll dürsten –
Wollt ihr's nicht gestehn,
Lieber, starre Fürsten,
In Verbannung gehn?

Einmal mocht' ich prassen,
Wo ich spröd gesäumt,
Fand den Stuhl verlassen
Und den Tisch geräumt.
Hungrig, krank, verschmachtet
Rief mein Herz sich her,
Den es schnell mißachtet,
Und er kam nicht mehr!

And're mag ich locken,
Tischgefährtin sein
Bei verdorrten Brocken,
Sauren Leckerei'n,
Mag den Abhub essen,
Den mir Laster bot,
Und das Brot vergessen,
Gottes süßes Brot!

XXII.

Junge Kinder reden mit den Monden,
Kleine Kinder greifen nach der Sonne,
Kinder rufen in den schlimmen Regen,
Bittend, daß er ihrer schonen möge.

Einen Gürtel wollt' ich von den Sternen,
Ich begehrt' ein Krönchen von der Sonne
Und hielt Zwiesprach mit der schlimmen Liebe,
Bittend, daß sie meiner schonen möchte.

Kleine Gemmen schenkten mir die Sterne,
Auch die Sonne stickte mir ein Mützchen,
Nur die Liebe war so unabwendlich,
Unerbittlich blieb sie wie der Regen.

XXIII.

Arme, häßliche Frauen, in bunte Lumpen gehüllt,
Sammeln Beeren auch hier, suchen und brechen die Reiser,
Dennoch ist dieser Wald von vielen Wundern erfüllt,
Und die Wege haben schon nirgends mehr Weiser.

Aber die Grenzmale harren noch aus, die buckligen
Quadern,
Untersetzte Gnomen mit grauem, wettergefurchtem
Gesicht,
Weiße Kiesel liegen, durchsichtig, mit feinen, blutvollen
Adern.
Der Abend findet ein rätselhaft totes, gleichmäßig glanzloses
Licht.

Nach prasselndem Schauer erbaut sich ein farbiges
Doppeltor,
Entsteigt den Häusern des Tals in zwei Regenbogen.
Es leuchtet stark; daß doch die Stadt gewöhnlich sei wie
zuvor,
Wird schnell von gestaltloser Hand der Himmel darüber
gezogen.

Riesige Frösche hocken in Höhlen, mit breiten, zitrongelben
Brüsten,
Heidelbeeren reifen, fast wie Weinbeeren groß,
Der blaue Taghimmel braust wie ein Meer an die waldigen
Küsten,
Und Sterne wandeln da nachts als nackte Mädchen durchs
Moos.

XXIV.

Dies:

Zwischen seine Augen stumm den Mund,
Einen wunderoten Falter setzen,
Seines Kindes kleine Krokushände
Mit dem Tau des blauen Kruges netzen:
Das wär' Erde mit den tiefsten Schätzen,
Himmel mit dem höchsten Rund,
Hölle, wenn ich nie es fände.

XXV.

Das große Feuerwerk

Das große Feuerwerk ist nun verpufft.
Und, tausend losgespritzte Fünkchen, hängen
Noch kleine Sterne in des Dunkels Fängen.
Die Nacht ist lang.

Ich lehn' am Baum und sinn' am Himmel hin
Und sehe wieder dünnen Sprühgoldregen
Dem Teich enttanzen, sich vertropfend legen.
Die Nacht ist lang.

Weiß ist mein Hut, mein Kleid ist leicht; mich friert.
Bleich blühten Chrysantemen ob den Wellen,
Zerrieselten in sieben ros'ge Quellen.
Die Nacht ist lang.

Ich such' die Bank und warte, hart geduckt.
Es duckte sich die Schlange, pfiff im Sprunge
Und zischte rasend auf mit glüher Zunge.
Die Nacht ist lang.

Ich wärme meine starren Hände nicht.
Aus Schwarz und Schimmer stieg ein Palmenfächer,
Der zückte Silberspeere auf die Dächer.
Die Nacht ist lang.

Mein Auge schläfert, aber unterm Lid
Kreist noch das Sonnenrad mit leisem Singen,
Und grüne Ringe gehn aus roten Ringen.
Die Nacht ist lang.

Das große Feuerwerk ist längst verpufft.
Zwölf Schläge tut es irgendwo im Weiten –
Ich geh' wohl heim, weil so die Füße schreiten.
Du kommst nicht mehr.

XXVI.

An der Grenze

An der Grenze grüßt ein Haus.
Wandrers Zuflucht, stammgezimmert,
Schirmt's vorm Strahl, der ficht und flimmert,
Wehrt dem Herbstwind, der's umwimmert.
Oftmals späht ich von ihm aus
Nach der Grenze.

An die Grenze kroch der Schmerz,
Lag im Busch als bunte Steine;
Fand ich einen, ward's der meine.
Schrittweis kehr' ich heim und weine,
Und mir blieb mein müdes Herz
An der Grenze.

Auf die Grenze fällt bald Schnee,
Stäubt und schlägt: Ein Weg erblindet,
Der durch Tann sich aufwärts windet.
Ob zurück ins Tal er findet?
Eins nur weiß ich wohl: ich steh'
An der Grenze.

XXVII.

Es fallen Schüsse in den Bergen.
Ich heb' die Hände still zum Herzen,
Darum ein Kranz von Tempelkerzen
Sich weinend totbrennt, schmilzt und tropft.

Es fallen Schüsse in den Bergen.
Ich fühl' an meiner Brust die Wunden,
Die, roten Schreis, mit schaur'gen Munden
Aus ihrem weißen Schweigen klaffen.

Es fallen Schüsse in den Bergen.
Mich will der Bahnzug meerwärts tragen,
Doch scharf ins Hastgestampf der Wagen,
In Dampfes Ängsten treffen sie.

Unendlich traurig, groß am Fenster
Stehn Wolken gleich umflorten Särgen.
Es fallen Schüsse in den Bergen:
Ich schlag' mein Herz auf, draus zu beten.

XXVIII.

Die Tage suchen einsam ihre Stühle
Und sitzen nieder ohne Blick noch Wort.
Der Abend weht. Sie schauern in der Kühle,
Verhüllen sich, stehn auf und schreiten fort.

Doch mancher war, der nicht gelassen blieb,
Der lachend, weinend durch die Stunden tollte,
Mich unbedacht in Gram und Jauchzen trieb
Und zuckend festhielt, als er wandern sollte.

Nur einer kam – im Kleid wie Gras und Sand –
Er trällerte ein rotes Liebeslied,
Nahm, da es Zeit war, lächelnd meine Hand
Und legt' ein kleines Licht hinein und schied.

XXIX.

Ich habe Hunger

Fragen stehn ja frei. So tret' ich in den Laden,
Eh' ich länger forschend vor dem Fenster lunger'.
Noch am Mittag lagen weiße Brote da und braune Fladen;
Abends räumt man wohl die Borde leer. Ich habe Hunger.

»Eine Semmel?« – »Alle sind verkauft.«
»Ein Stück Schwarzbrot?« – »Nichts ist überblieben.«
Und der Bäcker drängt zwei Knaben fort: »Nehmt euer
    Geld, und lauft!
Morgen kommt! Heut' schließ' ich zu. Es schlug schon
    sieben.«

Doch am Ladentische wartet still ein Mann,
Den die Frau des Bäckers kennt, ein großer, junger.
Grauer Kittel. Wünschend seh' ich seinen Rücken an …
Er schaut um. Er ist es nicht. Ich habe Hunger.

XXX.

Abend klingt nach leisen, müden Geigen,
Und das Blattgewirr des Birkenbaums
Rieselt nieder in sein glühes Neigen
Wie in eine Schüssel gold'nen Schaums,
Die zu stummem, dankbaren Genießen
Mir und euch, den Hungrigen, beschert,
Deren blanke Ränder überfließen,
Bis der Blick sie langsam, langsam leert.

Sag': wo steht sein Tisch?

Nacht, du Mädchen, schenkst du dein Geschmeide?
Magst du bettelnd an den Hecken stehn?
Laß mich starre, schimmernd schwarze Seide
Und dein scheues, tiefes Antlitz sehn,
Woll' mit inn'gen, ungesproch'nen Bitten
Bebend in die lichten Fenster schaun:
Sieh', ich bin zu dir hinausgeglitten,
Und wir wandern – zwei verlorne Fraun.

Sag': zu wem sein Gang?

Dann im schmalen Bette werd' ich liegen,
Schlaflos, eine Erde in mich ziehn
Und sie mütterlich zum Schlummer wiegen,
Flur und Waldgebirg, ein Kind und ihn.
Lautlos kann ich singen, schmeicheln, strafen,
Kelch und Aug' sinkt endlich glimmend zu,
Kind und Flur und Hochwald gehn mir schlafen,
Und nur er – ihn küß' nicht ich zur Ruh …

Sag': Wer küßt sein Lid?

XXXI.

Schwarm schwarzgoldröckiger Bienen,
Gehn meine Gedanken
– Eine Königin unter ihnen –
Sie schwirren und schwanken.

Sie trinken den blühenden Apfelbaum aus,
Suchen im dürren Gesträuche,
Sie laufen durchs gelbe Haus
Und üben seltsame Bräuche.

Manche mit gläsernen Flügelein
Gleiten auf von der Schwelle,
Manche kriechen tief hinein
Und baun ihre Zelle.

Da ist ein stetes Gewander,
Krabbelndes Her und Hin;
Es scheint ein unnützes Durcheinander
Und hat doch Sinn.

An der Tür wie summendes, samtenes Tuch
Ein Sich-klammern und -drängen.
Honigduft, der Heidegeruch
Von den böhmischen Hängen.

Eine müht sich zum Licht,
Sehr dunkel mit blassen Tressen:
»Die mich besaßen, liebte ich nicht,
Die ich liebte, haben mich nie besessen.«

Die klein're Gefährtin, die listige, freche,
Wispert Lästergeschichten:
»Sein Amtsvorstand – weißer Schnauzbart, Tscheche –
Nahm ihn mir fort – zu den Pflichten.«

Durchsichtiger Häutchen Schimmern:
»Er hatte nichts in Büchern gelesen.«
Dann: Ein Kind … sein Kind …« dann Flimmern:
»Und ein helles, glückliches Kind wär's gewesen.«

Ockerbestäubter Botinnen Flug:
»Der kalte Mut weiß zu gewinnen;
Ich war warm, war scheu, nicht klug
Rauschgift in seinen Sinnen.«

»Klug sind, die nicht fühlen.«
Verstümmeltes Tierchen schleppt sich schwer.
»Auch in dir wird sich's kühlen,
Härten, stumm sein und leer.«

Barmherziges Ende dem kranken –
O seht, die Königin ist erschienen:
»Ich liebe dich.« Schwärmt, Gedanken!
Schar schwarzgoldröckiger Bienen!

XXXII.

Ach! Immer so und immer wieder so
Seh' ich dich dort! Du hast mir's nie berichtet –
Du nicht, kein and'rer, und ich weiß es doch!
Ich seh' es ja … Ob hier ein greiser Himmel
Auch tränenschwer und dumpf darniederliegt,
Laub hängt wie eines Alten gelbe Hände …
»Ja, war er blau wie dieser?« fragt' ich einst
Und zeigte unsern froh'sten Himmel dir;
Du hast den Kopf geschüttelt: »Noch viel blauer.«
Nun such' ich mir Neapels Indigo
Und stelle dich darunter: seltsam fremd
Und nordisch fahl. Dein graues Tuch wird farblos,
Dein Haar fast weiß und wasserklar das Aug',
Doch dein Gesicht schaut warm und rotverbrannt,
Nach Wein und Sonne. So an einem Zaune,
Am Stacheldraht – denn der Gefang'nen denk' ich,
Die hier voll Blau und Scharlach bitterlich
Im Herbst entgegenfroren schon dem Winter –
So lehnst du da. Dein Lächeln überfliegt
Umzäunung, Kriegsgefangenschaft und alles.

O, ihre Stirn ist breit und braun, ist glatt
Und niedrig wie die Stirne einer Natter,
Die hohen, strengen Braun sind wunderschön
Wie einer Göttin. Doch sie ist nicht groß,
Nur schlank, nur zierlich. Ihre nackte Sohle
Ist heißen Sand und scharfes Gras gewöhnt,
Ihr schwarzer Wirbel eine tolle Sonne.
Sie war gewiß viel glücklicher als ich
Und wußt' es kaum … – du hältst den Fuß am Gitter,
Die Hand am Pfosten, neigst dich, sprichst ihr zu
In ihrer Sprache, ob mit fremden Tone.

Und deine kleinen Sätze, die das Gehn
Noch immer lernen, schließt so oft ein heit'res,
Ein liebes, gläubig bittendes: »... nicht wahr?«
– in ihrer Sprache – das sie herzlich hell
Aus blauen Blicken anstrahlt. – Du mein Gott,
Ich trag' den Glanz im Sinn und kann doch niemals
So lächeln, wie du's leuchtetest: »... Nicht wahr? ...«

XXXIII.

Ein grünes Fröschlein

Ich habe einen kleinen Frosch gesehen,
Ein grünes Fröschlein auf dem dunklern Blatt.
Es weilte, wohl von Schmaus und Springen satt,
Ganz kindernackt, mit Augen, die verstehen.

Es sonnte sich. Wir bauten ein Gefäß
Mit Rasenstücken, schlanken Fliederzweigen
Voll Laub, für's lust'ge Auf- und Niedersteigen,
Zu räumig hellem Häuschen, ihm gemäß.

Nun aber ängstet's aus Gezweig und Gras
An die papierne Decke, klettert, rennt,
Von Luft und ungebrochnem Licht getrennt
Durch dünne Wand nur, eine Wand von Glas ...

Schon schickt Oktober streng'ren Wind. Ich friere.
Ein Frost – sein atmend zarter Leib wär' Stein.
Ich weiß ja nichts. Vergebt mir, kleine Tiere!
Ich bin nicht mehr als ihr und sperr' euch ein ...

XXXIV.

Sag', kannst du sterben? O du Froher, Lieber!
An Jahren sterben? Sieh', ich will's nicht glauben.
Ja, schneller Schuß und hitzig rasches Fieber

Die mögen dich in deiner Helle rauben;
Doch greisend kränkeln und am Tod genesen,
Da immer junger Wein noch quillt aus Trauben,

Noch junge Mädchen Heidelbeeren lesen?
Wird, wenn du nicht mehr bist, der Tag uns scheinen,
Ja, schien er je, da du noch nicht gewesen?

Und doch. Wohl auch um dich wird's einmal weinen
Mit Augen einer Frau, mit Kindes Sternen,
Wenn man den Stein dir setzt zu vielen Steinen.

Und muß der Tod sich wartend dir entfernen?
Bist du ein Weiser, der das Wirre schlichtet,
An dessen Pult die Klugen stammelnd lernen?

Bist du ein Gott, der leuchtend Götzen richtet,
Der Held, des Gluten Heldenglanz verlachen,
Ein Künstler, der dem Großen Größ'res dichtet?

Nein, plaudern, wandern, tanzen, schlichte Sachen,
Sind dein. Und mit dem sparsamsten Verschwenden,
Aus Wort und Lächeln kannst du Freude machen.

Dies ist gering. Das grauliche Verenden
Nickt über seinem Buch. Es wird erwachen
Und hüstelnd eine Seite weiter wenden …

XXXV.

Ich hab' mit bunten Ranken
Dein liebes Bild umwunden,
Gefühle und Gedanken
Zu losem Kranz verbunden.
Da nickten weiße Dolden,
Da streiften frische Blätter
Und Herbstglanz deckte golden
Des Rahmens braune Bretter.

Des Tannenkindes Löckchen,
Der Gräser duft'ge Beute
Und blauer Bergwaldglöckchen
Verflüsterndes Geläute,
Ein Rosenherz, entglommen
Im Blut, dem quellend roten:
Ich habe froh genommen
Und dir sie dargeboten.

Rotrosen, blaue Glocken,
Ihr Bitten, meine Lieder,
Wie seid ihr blaß und trocken,
Hangt hilflos schlaff hernieder!
Wie soll dies welke Stammeln
Noch klare Schläfe schmücken!
Laßt mich die kranken sammeln,
Mich nach den toten bücken.

Und laßt den nackten Rahmen
Mich von der Mauer heben,
Ihm keinen farb'gen Namen,
Nicht fremde Zier mehr geben.

Dem Geiste mocht' ich schenken,
Was einst mein Herz gespendet;
Nun laßt ins Herz mich senken,
Was mit dem Geiste endet.

XXXVI.

Die graue Nacht ist mit silbernen Nadeln gerafft.
Kahler Stamm starrt hinan, riesiger Säulenschaft.

Der Kirschbäume Wipfel sind wie Schleier verweht,
Breit kauert der Kiefer buckliger Unhold am Beet.

Alles ist anders. Nirgends lugen mehr Häuser hervor,
Giebel stieren, steil, schwarz, Pyramiden, empor.

Im Finstern sind irgendwo kleine Vierecke hell –
Surrendes Grillenzirpen, reißendes Hundegebell.

Eine goldsprühende Otter zischt im Fernen der Zug.
Sacht auf Boden und Baum tröpfelt's aus bläulichem Krug.

Ich wandre im Garten, weiter und weiter, schon längst nicht
mehr hier.
Und wenn es ganz dunkel geworden ist, bin ich bei dir.

XXXVII.

Nun sagen alle, daß ich alt geworden.
Als ich dich traf, da war ich junges Weib.
Doch was ein heimlich peinergötztes Morden
Mir töte, sei nicht Angesicht noch Leib;
Mein dunkles Auge sei es, das verwelke,
Sich müder, trüber senke, Tag für Tag,
Wie auf gedörrtem, sand'gem Beet die Nelke,
Die niemand sieht, die keiner tränken mag.

Nicht seltsam wäre, wenn es so verblühte,
Denn Hagel schlug es hart, und Hundsglut stach,
Bis, der es trug, ein Glaub' an Gottes Güte,
Der feine Stengel, niederbog und brach.
Vom Strahle kehrt sich's , klaglos zu verdorren,
Zur Erde hängt es, noch ihr nicht gesellt,
Nicht dem Gestein, dem Staub, den Wurzelknorren,
Weil der zerknickte Schaft es lange hält.

Es hat geglänzt, gefreut, den Herrn gepriesen,
Sich froh erhoben, duldend sich geneigt,
Gegrüßt die grün- und lichtgewirkten Wiesen,
Dem blau'sten Himmel seinen Kelch gezeigt.
Nun muß es Sonne, Sturm und Regen leiden
Ganz ohne Willen, Ausdruck, Bitt' und Dank;
So wartend blickt es auf sein eignes Scheiden,
Verkümmert, taumelig und stumpf und krank.

Drum mag ich wohl mein Auge Blume nennen. –
Fehlt ihm ihr Duft, doch trug es ihren Tau.
Die Sonne sog und ließ es durstig brennen,
Verzehren sich vor ewig gleicher Schau.

Denn Rahmen ward ihm alles Sein und Treiben
Und Bild die eine glückliche Gestalt;
Es fand sie einst, um jung an ihr zu bleiben,
Es fand nur sie und wurde matt und alt.

Sie ist sein Maß, ein jedes Ding zu messen,
Und ist ein Mantel, der die Welt ihm hüllt,
Mond jeder Nacht, den's schauend schon vergessen,
Der, immer neu gesucht, es neu erfüllt.
Und Last wie Lust ist ihres Fußes Gehen,
Des Armes Ruck ihm und des Mundes Zug,
Denn was es liebt, hat es zuviel gesehen,
Und was es liebte, sah es nicht genug.

XXXVIII.

Ende

Wenn ich ernstlich traurig bin,
Kann ich keinen Vers mehr schreiben;
Ich sitze schweigend im Kahn
Und laß mich stromabwärts treiben.
Ich werde kein Ruder finden,
Ich werde kein Steuer brauchen;
Wenn meine Liebe, mein Leid es will,
Mag ich kentern und tauchen.

Wenn ich ganz verzweifelt bin,
Kann ich nicht bemessend klügeln:
Mein Schrei ist schrill und gehetzt –
Soll ich ihn greifen und zügeln?
Nie werden zerlumpte Gedanken mehr
Glatte, glänzende Zeilen;
Mein Herz ist ein blutiger Klump,
Da kann ich nichts formen noch feilen.

Der tiefste Gram kennt keinen Reim,
Läßt sich nicht in Bücher sammeln;
Er ist im wilden Land daheim,
Wo kindliche Laute noch stammeln.
Find' ich ihn in mir, so find' ich auch Gold,
Einen Leuchter zu schmieden:
Ich will ihn zünden und schlafen gehen
In Frieden.

NAPOLEON UND MARIE

»Alle meine Gedanken kommen von ihm
Und kehren zu ihm zurück.
Er ist mein alles, meine Zukunft
Und mein Leben.«

(Marie Walewska.)

* * *

Die Alte hat das Kästchen heimlich hergestellt.
Sie schwatzte viel vom Fremden, der ihr's zugeschoben;
Nun hockt sie wohl am Bett und zählt vergnügt das Geld,
Ich hör' wie's hin und wieder leise klirrt und fällt
Und hab' den Deckel zögernd aufgehoben.

Auf samtnem Grund ein zartes zwiegeschlung'nes Band:
Ich liebe Perlen sehr. Ich lieb' ihr weiches Rinnen.
Sie flossen fein und leicht durch meine weiße Hand,
Sie rieselten herab wie köstlich kühler Sand
Und krochen träge hin wie kleine Spinnen.

Dann möcht' ich träumen, denn ich lächelte: »Despot!
Du sendest mir die Tränen, die dein Schwert vergossen.«
Das rote Sammetkissen schien mir blutig rot.
Ich lächelte im Traum; auch ich war ja bedroht:
»Glänzt so das Blut, das deiner Gier geflossen?«

Doch Graf Walewski harrte lange nebenan.
Da ging ich still und spielte Schach mit ihm und dachte
In Hohn und jähem Mitleid: »Müder alter Mann …«
Und sah mich selbst den Tag nicht mehr im Spiegel an
Und bebte vor der Stimme, als ich lachte. –

Murat

Der König von Neapel ist sehr schön.
Der Marschall Duroc auch. Der König hat
Zigeunerlocken auf der nied'ren Stirne,
Die gelbbraun schimmert wie ein buntes Blatt.
Das Antlitz scharf – ein Falk stößt aus den Höhn!

Der König von Neapel blitzt und brennt,
Trägt Gold und Samt zu seinen stolzen Mienen,
Tiefgrünen Samt und Pelz von wildem Tier –
Und dient doch *Ihm* nur, wie sie alle dienen –
Er hat den Blick, der tausend Frauen kennt.

Der König von Neapel war mein Traum
Der letzten Nacht. Er stand am Schiffsmast da,
Ließ einen roten Mantel gierig lodern;
Sein Schwert war Silber, und er trat mir nah,
Lebendig, saftvoll, wie ein schlanker Baum.

Der König von Neapel war's doch nicht
In meinem Traum, denn dessen dichte Brauen,
Die sonst ein wirr Gespinst nur, schwanden hin
In meinem Traum. Und auch sein flackernd Schauen
Verblich zu ruhig-kühlem, grauem Licht.

Der König von Neapel war es nicht.

Das Zeichen

Dieses aber, sprach der Marschall Duroc,
Dieses sei dem Kaiser Wink und Zeichen,
Daß ich mich mit Seinen Perlen schmückte,
Seiner schönen Gabe, daß ich einmal
Meine rechte Hand zum Herzen legte:
Dieses sei das Zeichen, daß ich liebte.

Und der Marschall ging so hoch und trotzig,
Stark und fröhlich wie nach einem Siege.
Doch ich hörte, daß ich zornig lachte.
Und ich riß aus samt'nem Schrein die Kette,
Seine Kette, Seine schöne Gabe,
Warf sie wild, gleich gift'ger, ekler Natter
In den Winkel. »Mag ein Dieb sie finden!
Denn die Frauen Polens, edle Frauen
– Mag ihr Sinn auch tanzen – nein, sie gleichen
Nimmer noch den Dirnen Deiner Hauptstadt,
Die zu kaufen sind um Perlenschnüre!
Ob der Herr der Christenheit dich salbte,
Ob vor Deinem kleinen schwarzen Hute
Uralt gold'ner Kronen Glanz erblaßte,
Ob dir tausend gunstbegier'ge Schreiber
Tausend Reihen hoher Ahnen malen –
Als Napoleon bleibst du Bonaparte:
Erbe und Genoß der Königsschlächter,
Pöbelliebling, Held der Soldateska,
Roher Kriegsmann stets von nied'ren Sitten,
Ohne Maß und Feinheit, ohne Anstand:
Nein, dem stolzen Adel der Laczinski
Und dem alten Adel der Walewski
Darf dein neues Blut sich nie vermischen!«

Zornig blickt' ich in den breiten Spiegel,
Und der Spiegel lobte meine Schönheit.
Doch mich trieb's vom Leib die weiche Seide
Und vom Haar den Silberreif zu reißen,
Mich in fahlen Lumpen zu entstellen,
Daß mir nicht des Korsen Lust frohlockte.

Graf Walewski trat mit sachten Schritten
In mein Zimmer, küßte mir die Hände,
Und mein Herz ward seltsam kühl und ruhig,
Da der Greis nicht meine Lippen küßte. –

Regen klopfte an die Wagenscheiben.
»Meine Pferde, Isabellenpferde,
Eine makellose Krone tragt ihr
Dem Erobrer zu, und unzerbrochen
Sollt die stolzeste ihr heimwärtsführen« –
Ach, ich sah vor Seinem grauen Auge
Einer Silberkrone Glanz erblassen.

Flämmchen hüpften knisternd auf den Kerzen –
Sterbekerzen überm Sarge.
Fremde Blumen blühten auf dem Damast –
Totenkränze auf dem Bahrtuch.
Und ich saß in Licht und Blumen schweigend –
Saß an meinem Grabe!

Schwarzer Flor lag über meinem Herzen,
Schwarzer Flor war um mein Haupt gewunden,
Und ich sah: An langer Tafel schmausten
Farb'ge Schemen, grinsende Gespenster.
Aber alle hatten seh'nde Augen,
Wahre, kühle, blasse, klare Augen

Dieses Menschen, der, mir gegenüber,
Auf mich blickte und der einzig lebte.

Und ihr Lachen ward mir hohles Klappern
Und das Reden ein geschwätzig Plätschern,
Und die leise Stimme mir zur Seite,
Marschall Durocs unablässig Raunen
War nur Windeswehn um eine Tanne.
Ihre Spitzen zittern; unberührbar,
Unerschüttert steht ihr Stamm.

»Dieses aber,« flüsterte der Marschall
»Dieses war das Zeichen, das Er wünschte,
Daß Ihr Euch mit seinen Perlen schmücktet.
Dieses war das Zeichen des Gewährens. –
Wollt Ihr, da die Gabe Ihr mißachtet,
Auch den Geber kränken und verhöhnen?
Muß, der rings befiehlt, vergebens bitten?
Dürft Ihr nur aus achtlos eitler Laune
Diesen, den zum Herrn der alten Erde
Nicht erst Papstspruch weihte, diesen Größten,
Den von Gott Berufenen verstoßen?
Wollt Ihr ja Euch selbstgefällig schmeicheln:
»Soviel tat ich einst um meiner Tugend,
Meines Gatten willen.« Euer Gatte!
O die dürre, ärmliche Berechnung!
Fühlt Ihr nicht ein Herz, seid Frau, seid Polin –
Und Er kommt, um Polen zu erlösen –
Doch, ich merk' es wohl, Ihr scheut sein Antlitz
Und habt recht: Ihr würdet auf ihn schauen
Und ihr sähet. Rings sind blinde Augen.«

So verglitt des Marschalls hastig Raunen
Wie ein Windhauch vor der hohen Tanne.
Nur die Krone rauschte leise: »... Feigheit ...«
»Nein, ich will nicht ferner vor ihm flüchten!«
Offen, jäh, in einem kalten Hochmut
Ging mein Blick zum Angesicht des Kaisers.

Wut und Rachgrimm hätten mich gefestigt,
Gier und Glut den starren Stolz gehärtet,
Aber diese sonderbaren Augen,
Diese grauen Augen konnten glänzen,
Still, mit großem, freundlichem Erstaunen,
Mit dem sich'ren Lächeln eines Kindes,
Das nicht glauben mag, sein liebes Spielzeug
Bleib' noch lange ihm verwehrt. Ich sah es –
Ach, das Lächeln schlich in meine Seele,
Und was drin als Ehr' und Stolz genistet
Schien mir kleinlich törichte Verbitt'rung.
Ich gebot, die Diener mir zu rufen,
Ich gebot, die Kette mir zu holen.

Duroc schwieg. Von meinem bleichen Halse
Tropften Perlen weiß und eisig nieder.

Um mich neckten sich die flachen Schatten.
»Wißt ihr, daß der Abend nie mir endet?
Denn Minuten hängen bei Minuten,
Glas'ge Tropfen, schwer von meinem Nacken,
Jäh erstarrt und können nie verrinnen.«

Drauf entgegnete der Marschall Duroc:
»Bald verwelkt sind diese frischen Blumen,
Bald verbrannt sind diese hellen Lichter,
Und die höchsten Stunden Eures Lebens

Gingen ohne Segen hin. Ihr habt sie
Nicht erkannt. Ihr konntet sie nicht halten.
Gebt das Zeichen, gebt den Wink der Liebe,
Daß Ihr Eure Hand zum Herzen hebet!
Kann Euch nichts verführen, Glück zu schenken,
Freude zu empfangen? Nennt den Helden,
Der sich würd'ger Eurer Schönheit rühmte!«

Lauter zischelten die bunten Schemen,
Streckten Finger aus mit scharfen Nägeln,
Witterten mir nach mit spitzen Nasen,
Ließen Spott auf mich herniedersausen,
Fein, gleich dünnen Geißeln. Ich empfand sie.
»Ihm dient dieses Schwert,« schwur Marschall Duroc
»Und es sehnt sich sehr, auch Euch zu dienen;
Blank und fröhlich wie zu seiner Ehre,
Will's für Eure aus der Scheide hüpfen.«

Doch ich preßte nur die Lippen fester,
Dachte: »Will'ger Eifer eines Knechtes ...«
Und mein Ohr begehrte nicht zu hören,
Und mein müder Blick begehrte Ruhe.

Und mein Blick war auf dem gold'nen Leuchter,
Mit den matten Flämmchen einzuschlafen,
Doch die Flämmchen krochen zuckend weiter.
Und mein Blick fiel auf den kühlen Damast,
Aber kleine dunkle Lichterkringel
Spielten Haschen auf dem weißen Damast.
Und mein Blick glitt über die Gesichter,
Spähte suchend aus nach stillen Mienen,
Aber keins von allen hatte Stille.

Nein, ich kannte eine ernste Miene,
Doch ich wußte wohl ein tiefes Antlitz,
Und ich fand's und blieb ihm. Fremde Augen
Lehrten meine, wie das Schweigen redet.
Und ich sah – und konnte nicht erschrecken,
Eine Hand sich stetig sacht erheben,
Wie aus Marmor, groß, fast übermächtig –

Eine Ewigkeit in Augenblicken
Lag die Hand ganz still auf seinem Herzen ...

»Denkt an Eure Heimat!« bat der Marschall
»Denkt an Polen! Denkt an Rußland, Gräfin!«

Zögernd blickt ich auf mich selbst hernieder.
Und ich sah, und konnte nicht begreifen,
Leis am Tischtuch eine Hand sich heben,
Zart und zitternd und der meinen ähnlich,
Sah für ewig, ewig in Sekunden
Meine Hand auf meinem Herzen liegen – –

Dieses ist das Zeichen, daß ich liebe.

Stolz

Worte möcht' ich, die so einfach sind
Wie ein Sonnenglanz, wie Wald und Wind.

Was nun ist, wird immer noch geschehn:
Daß zwei Menschen sich in Liebe sehn,

Oft noch preist Erinnerung der Welt
Einen Namen, der ihr bald entfällt.

Doch ich schwebe ob der Zeiten Schaum
Ewig, düst'ren Flügels blauer Saum.

Denn wenn Erde zuckt vor seinem Tritt,
Bebt mein Blut, mein glühend Ängsten mit.

Und dies Zucken, das den Namen spricht,
Das verzittert im Jahrtausend nicht!

Im Morgen

Die alte Silberuhr vorm Spiegel schwieg,
Als er hereintrat und rief fünfmal heiser
Und dürr und drohend, als er niederstieg.

Ich lag und fühlte flammend nach: der Kaiser!
Und hörte hastig hin und her ihn gehn.
Dann klirrten drunten seine Sporen leiser;

Er blieb am Fenster bei den Tischen stehn,
Drauf große Karten ausgebreitet liegen,
Ließ winzige papierne Fahnen wehn

Vor neuen, fernen, klingendhellen Siegen,
Die Namen tragen, eh' er sie gewann.
Die Generäle stampften auf den Stiegen. –

Ich wachte nicht, ich schlief nicht, lag und sann,
Bis aller Zweifel jäh verglomm in Zunder.
Ich sah sein Bild in meinem Herzen an

Und glaubte lächelnd an das große Wunder,
Daß er, der dort mit feinem Sporenklirr'n
Auf Kronen trat wie auf verstaubten Plunder,

Des Blick die Meere mißt, in dessen Hirn
Stets tausend Heere für den Weltkampf rüsten,
Sich bittend beugte über meine Stirn.

Daß Lippen, die vernichteten, mich küßten
Und daß dies Haupt, dem klein der Erdenraum,
So sicher schlief an meinen kleinen Brüsten.

Das sah ich dankbar an; ich dacht' es kaum
Und lachte leise zwischen Traum und Traum.

Geschichte

Es ließ der Adel Polens zu mir senden
Und rief mich auf zum heiligsten Beruf:
Ich sollte, Flamme, gehn aus seinen Händen,
Den Stahl durchglühn, der Polens Freiheit schuf.

Es haben Männer mir den Brief geschrieben,
Und Männer schildern Ahasvers Gebot;
Wie dächten sie an stolzer Frauen Lieben,
Was wissen sie von scheuer Frauen Not?

»Sie haßte ihn und schürte seine Triebe,
Sag': als sie schaudernd hinsank – war das Glück?
Nein, ihres Volkes Qual galt ihre Liebe,
Und ihres Volkes Rettung war ihr Glück.«

Ich wusch wie Esther mein Gesicht in Tränen
Und lächelte dem Sieger schmerzlich zu.
Ach, meinem Herzen weint' ich meine Tränen,
Und meinem Lande lächelte ich zu.

Er war viel ärmer, denn er suchte Liebe,
Ich war viel reicher, denn ich hatte Glück,
Drum ward, was ich ihm schenkte, alles Liebe,
Und alles, was er raubte, ward mir Glück.

Und was mir Freude gab, das war sein Eigen,
Und wo er weilt, da soll mir Heimat sein,
Und wenn er redet, müssen Menschen schweigen,
Und wenn er schweigt – dann redet Gott allein.

Das Schwertlied

Es ist lange her, daß ich's in mir sang. Zwanzig Tage – tausend Jahre.

Gießt mir Kugeln! Schleift den Degen!
O, ein Mann sein! Ja, ein Held!
Jubelnd einem Los entgegen,
Das ihn krönt, der trotzt und fällt.
Ach, was biegt statt bricht,
Kennt das Wehren nicht,
Nur sein Liebstes wirft es schutzlos in die Welt.

Laßt mich denn zur Lohe fliegen,
Die verbrennt, was sie begehrt,
Kann ich sinken, niemals siegen,
Schmelzt mich tief in euer Schwert!
Seinen ersten Schlag
Weiht dem bessern Tag,
Da ein neues Volk die junge Freiheit ehrt!

Laßt mich letzte Tränen weinen
In den Quell, der lange rann.
Meiner Seele Glut den Meinen!
Meines Leibes Blut dem Mann!
Komm', ich bin bereit,
Nun das Schwert geweiht:
Herr der Heere, sieh sein Ringen gnädig an!

Die Sterne

Zürne nicht! Ball' nicht die Hand zur Faust!
Tu sie auf, weit auf! Sieh, wenn du mich hörst,
Springen die hellen Sterne hinein.
Alle kenn' ich und nenne sie dir.
Ruhm ist der rote östliche Stern,
Der fallend kreist und kreisend wächst,
Bis er die Erde beschattet
Und dennoch Raum hat in deiner Hand,
Der Riese!
Das zackige, scharfe Gestirn heißt Macht,
Das hart herabsticht mit bläulichem Strahl,
Ehre hängt klar in der lautlosen Luft,
Ein großer, goldener Tropfen.
Sternenbrüder sind Sieg und Sang.
Welches ist deiner jetzt – meiner?
Folg' mir! Erkennst du unter dem Mond
Das scheue, schimmernd schwimmende Licht,
Rein wie ein Seelchen, leicht wie sein Hauch,
Stets überfunkelt von Ruhm und Macht,
Gottes kleinstes, sein liebstes Kind,
Das silberne Sternlein – Liebe?

Junot

Wenig dacht' ich derer, die Ihm dienen,
Wenig kannt' ich sie. Von hohen Fenstern
Späh' ich gierig scheu wie nach Gespenstern,
Und ich suchte Ihn in Gang und Mienen.

Oft steht drunten Ney – aus Erz gegossen,
Kommt Berthier, der stets geschäftig gleitet,
Murat, der auf schwarzem Pferde reitet,
Und Davout, hart, finster und verschlossen.

Immer muß ich ihrer freundlich denken,
Denn *der* riß wie Er am Gartengitter,
Jener geht Ihm ähnlich. Und ein dritter
Weiß gleich Ihm sein prächtig Roß zu lenken.

Als ich gestern nacht von seinem Herzen
Zögernd ging in glücklichem Ermatten,
Dräute an der Stiege jäh ein Schatten;
Nur die Sterne waren meine Kerzen.

Junot stand und neigte sich. Mir graute,
Als der Dunkle zu mir trat im Dunkeln,
Denn er war ein einzig lech'zend Funkeln.
Ich begrüßte leise ihn und schaute

Und erblickte durch sein rotes Schweigen
Einen Dämon, dem auch Er zu eigen:
Ihm wird er der Kön'ge Häupter neigen,
Aber jenen in den Wahnsinn geigen. –

Seine Heimat

Und das Haus ward doch gebaut,
Und die Wiege ward gezimmert,
Drin er erste Worte suchte,
Lallend, stammelnd als ein Kind.
Und ein Vateraug' erlosch,
Doch ein Mutterherz steht offen
Für die Andern, für den Einen,
Bruder, dem sie Brüder sind.

Seine Schwestern schmücken reich
Ihre Schönheit, Königinnen,
Und die Mächtigen der Erde
Sind zu ihrem Dienst bestellt. –
Ach, wie Wunder scheint es mir,
Daß er eine Mutter krönte:
Sprang in harten Reiterstiefeln
Er nicht selbst in seine Welt?

Und das Haus ward doch gebaut,
Und der Garten ward gesegnet,
Drin er erste Schritte übte,
Schwankend, strauchelnd als ein Kind.
Doch der Adler vom Gebirg
Griff ihn stark und riß ihn aufwärts;
In dem Nest am Felsenbusen
Küßten Sonne ihn und Wind.

Nackt entwuchs er seinem Kleid,
Seine Adlerbrüder kreischten,
Gierig schlang er blut'ge Beute,
Die des Alten Klau'n geraubt.

Darum ist sein Blick so fern,
Krallt sein Griff sich um die Erde,
Schatten zitternd Adlerschwingen
Über dem geliebten Haupt.

Spuk

Nachts nur wandl' ich oft weit durch den Park,
Manchmal gehen wir Hand in Hand,
Manchmal geh' ich allein; ich fürchte mich nicht.
Menschen, späte Wanderer, sind, die mich fürchten,
Wenn mein schwimmender Schatten
Durchs Gesträuche vorüberflieht.

Denn Er will, daß Sein Blick allein
Hingehn soll über meinen Leib,
Sein Blick allein
Hin über meine Seele.

»Es ist ein Nachtgespenst,« sagen die Bauern
»Es huscht durch den Garten, raschelt im Schloß;
Wer es sieht, soll sich hüten!
Denn keiner weiß, ob es ihm nicht
Jäh in den Rücken springen,
Nicht ihn mit Blindheit schlagen kann.«

»Es war früher nicht,« sagen die Bauern
»Es irrt durchs Schloß, seit der Kaiser einzog.
Wir fragen oft: Ist's ein Mahr, ein Vampir?
Ist's eine sündige Seele?
Vielleicht eines Abgeschiedenen Geist,
Ein toter Feind, der den Mörder
In zerfressenem Bahrtuche schreckt. –
Die Fremden erzählen uns gerne
Von blutigen Greueln, die Frankreich gesehn.

Es mag König Ludwig heißen
Oder höllischer Knecht, gesandt,
Des Kaisers Sinn zu verstören.
Nimmer wäre
Unwiderstehlich sein Heer,
Nimmer stückelte seine Faust
Alte Länder in Fetzen,
Wenn er nicht sein unsterbliches Teil
Längst dem Teufel ergeben.«

»Der hinkende Stacho, der Letzte im Dorf,
Der Vieh verzaubern und Hexen beschwören kann,
Ist einmal nachts durch den Garten gekommen –
Er hat es selber erzählt –
Er ging an der Mauer entlang:
Alle Fenster schwarz, nur aus einem
Rieselte trübes Licht.
Der Vorhang war aufgerissen:
Tisch und Stühle und Bett
In einem kleinen Zimmer.
Und vor dem Bett in der Mitte
Stand eine seltsame fahle Gestalt,
Neigte sich über die Kissen,
Streckte die eiskalten Hände aus,
Schreckliche, spinnige Hände ...«

»Ja, so ist es gewiß,« sagen die Bauern
Den Großen der Erde schleichen
Verruchte heimliche Taten nach
Und ängstigen ihre Träume.« –

Nun aber will ich den Vorhang
Immer sehr sorgsam gebreitet sehn,
Soll nie der Späher erfahren,
Daß kein Spuk nur von Mord und Not,
Kein Gebilde aus Greu'l und Graun'n,
Daß ein Traum von Liebe sich neigt
Über des Weltherrschers Lider!

Lied

Es zog ein Klagen durch die Nacht,
Drin heiße Muttertränen rannen,
Es blies ein Horn von Wehr und Wacht
Und jauchzte mit dem Sturm von dannen.
Mir träumte von zerriss'ner Glut,
Von ehrner Schwerter scharfem Schein –
Da weckte klingend mich mein Blut
Und sang: »Ich bin nicht mehr allein.«

»Laß gehn, laß wehn das Wort im Wind
Von Schlacht und Macht und Heldentum;
In deinem Arm liegt's wie ein Kind
Und schläft: Das ist der Erde Ruhm.
Und leise schmiegt sich, während weit
Ein dunkelblauer Himmel fällt,
Dein Atem in den Hauch der Zeit
Und deine Brust ans Herz der Welt.«

Rustan

Auch ich werd' dir vorübergehn. Ich weiß.
Ich bin ein Tag, bin sonnenhell und heiß,

Ein Tag, der selig liebt und weint und lacht;
Du stehst, mir abgewandt, in kühler Nacht.

Der Mameluck in deinem Vorsaal stand
Bunt wie ein östlich Märchen an der Wand.

Ich lächle, wie er vor dem Schlichten gleißt,
Und bin ihm freundlich, weil er Rustan heißt.

Sein schönes, klares Auge schmeichelt mir
Gedankenlos, voll Fragen wie ein Tier.

Aus seinen weichen Sohlen kommt kein Klang,
Es schweigt von tausend Frau'n in seinem Gang,

Von armen Frau'n. Die ihm vorbeigestrebt
Zu dem, der packt und zwingt und zeugt – und lebt,

Der seine Seele lächelnd ihnen wehrt,
Der ihren Leib geworfen unters Schwert …

So purpurn ging ich wie die sünd'gen Frau'n
Zu dir, so warm und wild, in Glück und Grau'n.

Doch als vor deiner Tür ich Rustan fand,
Da ward mein Auge blind von eis'ger Hand.

So hat er viele, viele schon gesehn;
Ich weiß: auch ich werd' ihm vorübergehn.

Pastell

Ich weiß nicht, wer mir das Bild gesandt hat.
Es kam klein und schmal, in einem hellbraunen Rahmen,
Es kam ein Zettel voll Hohn dazu.
Überall sind neidische, hämische Menschen; sie wollen mich kränken,
Und mich kränkt doch nichts mehr! –
Das Bildchen ist schön.
Verwischte, verwehte Farben.
Es schimmert drüber hin wie ein Hauch von feinverstäubtem Mattsilber.
Das Mädchen ist ganz in Weiß und Rosa getaucht.
Auf ihrem jungen blassen Gesicht liegt zartes, zergehendes Lächeln.
Aber es ist ein Lächeln im Elend, und ihre Hand streckt sich aus nach Geld.
Sein Antlitz hat feinen, scharfen Riß wie der Kopf eines Vogels.
Ich find' seine Blicke nicht, er wendet sie zu *ihr*.
Sein Haar ist wenig gepudert, die Strähnen nachlässig geflochten.
Er trägt einen dunkelblauen, faltigen Rock, sieht mager und ärmlich aus.
Er neigt sich dem käuflichen Mädchen zu und berührt sie mit seinem Atem.
Und sie schmiegt sich eng an eine Gittertür des Palais Royal. –

Das ist ja nicht mehr.
Heute nacht wird er in meinen Armen schlafen.

Vergib

Ich bin der flimmernde Kristall,
Der deinem Blute sich erschlossen,
Und unerschöpflich wie das All
Hat deine Kraft sich ihm ergossen.
Und unergründlich wie das Blau
Schien ganz mein Herz dich zu umfassen;
Ich ward die schamlos stolze Frau
Und fand mein Lob im Spott der Gassen.

Doch weh! Du hast nicht nur die Glut,
Du hast den Eishauch, der sie endigt,
Du bist die brausend laute Flut,
Die dumpfe Stille, die sie bändigt.
Du klangst in mir, ein Liebeslied;
O, mord' es nicht mit starrem Schweigen,
Mit düst'rem Blick, der tötlich sieht
Auf meinen lichten Träumereigen.

Vergib. Du mähst den Wiesenrain
Verächtlich mit den ehrnen Saaten;
Ich werd' ein flüchtig Randbild sein
Im ew'gen Buche deiner Taten,
Ich flatt're, zarter, bunter Fink,
Um eines Adlers Schwingenbreiten
Noch jauchzend, wenn ich sterbend sink'
Und seine Flüge sonnwärts gleiten!

Die kleine Flöte

Gern stürb' ich jung, doch Frühling müßt' es sein,
Die Erde duftend atmen, feucht und braun
Und leicht sich über meinem Herzen breiten.
Dies Herz voll Liebe, sinnendem Vertrau'n
Und rings durchblüht von frischen Zärtlichkeiten
Will bald aus seinem nied'ren Hügel schaun.
Mit Augen süßer Veilchen, die Er liebt.

Ich werde alt sein und den Winter sehn.
Mein blondes Haar wird mählich still verschnei'n;
Dann sitz' ich am Kamin im falben Kleide,
Ein krummgebeugt, zerknittert Mütterlein,
Dann bin ich in lavendelfarbner Seide
Ein Rohr von brüchigem, vergilbtem Bein,
Ein altes Flötenrohr, das nie mehr singt.

Es kannte nur ein kurzes Liebeslied.
Das ließ es klingen herzlich froh und schlicht,
Und ist's zerschellt an Kriegsgelärm und -dröhnen,
Es lächelt noch in alterAugen Licht
Mit einem zarten, zitt'rig wehnden Tönen
Und bittet, die ihm horchen: »Spottet nicht
Der kleinen Flöte, die dem Kaiser sang.«

Steig' auf!

Steig' auf! Steig' auf! Steig' auf!
Wirf deine gold'nen Flügel aus,
Und flieg in deinen Tag! Er steht dir weltweit offen.
Die Stadt ist Maulwurfsbau,
Dein Land ein zirpend Vogelhaus,
Drin Schwing' und Scheitel dir, du Wildling, blutig troffen.

Heb'auf die Brust ins Blau!
Die Sonne deine Kaiserpfalz!
Die Wolke schreck'! Sie kreißt. Laß krachend sie gebären!
Dein Fittich peitsch' die Flut
Und atme Duft von See und Salz;
Krall' Furchen in die Welt – Gott selber sä't die Ähren.

Steig'auf! – Mein Herz wird hell.
Aus seiner Enge wächst ein Traum;
Er dämmert rosenrot wie scheuer, süßer Morgen.
Das Leben küßt mein Herz
Als Hauch, als Glück, – als feinster Flaum.
Zwei Flüglein sprossen,
Halten es umschlossen
Und rauschen leis' schon deinen Flug: mein Herz ist ganz
geborgen.

Nichts

»Du wirst dein Los in Gottes Wage sehn.«

Der Engel schwieg und zeigte himmelwärts.
Da sah ich wolk'ge Schalen wechselnd gehn.
Die eine zog herab mit schwerem Blinken,
Hoch blieb die andre, arm und farblos stehn.
Und in die arme, rechte glitt mein Herz.
Sie neigte sich und konnte doch nicht sinken;
Ein Hermelin lag schimmernd in der linken
Und Gold und Blei und blutbetropftes Erz.

Irgendwo in Rußland

Irgendwo in Rußland ist meine Seele.

Irgendwo in Rußland
Schickt der Sturm den Schnee in seinen Mantel,
Weint ein Glöckchen
Am Hals des Schlittenpferdes.
Das ist meine Seele.
Irgendwo in Rußland
Fliegt ein Rabe über weiße, weiße Felder,
Schleppt mein Adler
Mühsam die gebroch'ne Schwinge.
Hinter seinem Keuchen
Rieselt über weiße Felder
Eine lange Spur von Blut. –

Inhalt

Gedichte 1917

Mutter und Kind

Madonna aus dem Hause Tempi 9
Meins 10
Schrebergärten 11
Spielchen 12
Kinderreihen 14
Ein Liedlein vom Schwamm 16
Wenn zwei kleine Kinderhändchen 17
Wiegenlied 19
Die Mutter 20
Auf ein Kinderkleidchen 24
Legenden
1 Schlehdornlegende 25
2 Trompeterlegende 28

Mann und Weib

Stimme des Bluts 35
Ich weiß es 36
Marschlied 37
Der Schellenbaum 39
Aus Westend 40
Soldatenmädchen 41
Abschied 42
Die Werbung 43
Leichtsinn 45
Verlorenes Lied 46
Carmen 48
Die Leuchte 50

Die Verlassene
1 Sehnen 52
2 Was war 53
3 Gleichnis 54
Klage nicht 55

Zeit und Ewigkeit

Erwartung 1914 59
Die Fahne 60
Der Brief 61
Kurze Wege 62
Gebet 63
Abschiedslied 66
Gottes-Dienst 68
Erlebnis 70
Gebet aus dem Sumpfe 71
Einmal 73

Gedichte um 1920

Früher Zyklus I. In memoriam 1918

Die Frau 79
Im Anbeginn 80
Bekenntnis 81
Opfergang 82
Bitte 83
Schenken 84
Noch eins 86
Das Kleid 87
Hörst du mich? 88
Junilied 89
Gespräch 90

Die Gabe 91
Nachtspruch 92
Gedanken 93
Märchen 94
Auf dem Bahnsteig 95
Trübe Zeit 96
Einsamer Tanz 97
Die Aztekin 98
Träume
1. Wunschlied 100
2. Liebe im Grase 101
3. Abend 102
Aus der Nacht 103
Es ist ein Lied 104

Früher Zyklus II

Gott erhalte 107
Der schöne Abend 109
Die Männer 111
Chronik 113
Trinklied 115
Der Fels 117
Wintermorgen 119
Frühlingslied 121
Herbsttraum 122
Der Obstbaum 125
Mein Sohn 127
Am Strome 128
Meinem Kinde 130
Die kleinen Kinder 132
Für dich 134
In des Brunnens Grunde 136
Die Lieder von gestern 138

Früher Zyklus III

I. Wärmt uns Denken warmer Sonne 143
II. Den Himmel hinter unserm Haus 145
III. Dein grünes Amtsgemach 146
IV. Abends, vorm bestirnten Feste 148
V. So willst du schon verlöschen, zarte Flamme 151
VI. Sprich: »Prag«, und so ist Prag, das ich nie schaute . . . 153
VII. Allegretto 154
VIII. Der Fink 155
IX. Prätorianer 157
X. Ergraute Wächter, die am Wege wohnen 159
XI. Ich kehre müde heim in später Stunde 160
XII. Die Tannenkette reißt. Ein Strom von Licht 161
XIII. Glockenspiel 162
XIV. Dieses ist vergangen 163
XV. Die Mörd'rin Nacht hockt lauernd unterm Bett 165
XVI. Du bist nur, was sie sind 166
XVII. Dein Kamerad 168
XVIII. Es war ein stolzer Mann 169
XIX. Was ich schrieb, erwuchs zum Baume 170
XX. Mädchen sind und Blumen gleich im Liede 172
XXI. Ihre Tische deckte 173
XXII. Junge Kinder reden mit den Monden 176
XXIII. Arme, häßliche Frauen, in bunte Lumpen gehüllt . . 177
XXIV. Dies: 178
XXV. Das große Feuerwerk 179
XXVI. An der Grenze 181
XXVII. Es fallen Schüsse in den Bergen 182
XXVIII. Die Tage suchen einsam ihre Stühle 183
XXIX. Ich habe Hunger 184
XXX. Abend klingt nach leisen, müden Geigen 185
XXXI. Schwarm schwarzgoldröckiger Bienen 186
XXXII. Ach! Immer so und immer wieder so 188
XXXIII. Ein grünes Fröschlein 190
XXXIV. Sag', kannst du sterben? O du Froher, Lieber . . 191

XXXV. Ich hab' mit bunten Ranken 192
XXXVI. Die graue Nacht ist mit silbernen Nadeln gerafft . 194
XXXVII. Nun sagen alle, daß ich alt geworden 195
XXXVIII. Ende 197

Napoleon und Marie

* * * (Die Alte hat das Kästchen heimlich hergestellt ...) . 201
Murat 202
Das Zeichen 203
Stolz 209
Im Morgen 210
Geschichte 212
Das Schwertlied 213
Die Sterne 214
Junot 215
Seine Heimat 216
Spuk 218
Lied 221
Rustan 222
Pastell 223
Vergib 224
Die kleine Flöte 225
Steig' auf! 226
Nichts 227
Irgendwo in Rußland 228

Die Arbeit der Herausgeberin wurde durch das
Berliner Programm zur Förderung der Chancengleichheit
für Frauen in Forschung und Lehre und den
Deutschen Literaturfonds e.V. gefördert.

Für die Förderung der Drucklegung dankt der Verlag
dem Deutschen Literaturfonds e.V.

Bibliografische Information Der Deutschen Bibliothek

Die Deutsche Bibliothek verzeichnet diese Publikation
in der Deutschen Nationalbibliografie;
detaillierte bibliografische Daten sind im Internet
über http://dnb.ddb.de abrufbar.

www.wallstein-verlag.de

Vom Verlag gesetzt aus der Stempel Garamond
Umschlaggestaltung: Susanne Gerhards, Düsseldorf
Druck: Hubert & Co, Göttingen

ISBN 3-89244-499-4